集英社オレンジ文庫

鍵屋の隣の和菓子屋さん

つつじ和菓子本舗のひとびと

梨　沙

本書は書き下ろしです。

目次

【登場人物紹介】

蘇芳祐雨子（すおうゆうこ）

『つつじ和菓子本舗』の看板娘。幼なじみの嘉文を密かに想っていた。多喜次からのプロポーズの返事を保留中。

淀川多喜次（よどがわたきじ）

『つつじ和菓子本舗』の二階に住み込み、和菓子職人の修業中。兄の幼なじみである祐雨子に片想いをしている。

柴倉豆助（しばくらまめすけ）

『虎屋』の一人息子で、現在『つつじ和菓子本舗』にてバイト中。父親に反発している。

華坂亜麻里（はなさかあまり）

祐雨子の学生時代からの友人。華やか美人なキャリアウーマン。

淀川嘉文（よどがわよしふみ）

『つつじ和菓子本舗』の隣で鍵屋を営む青年。祐雨子の幼なじみでこずえの婚約者。

遠野こずえ（とおの）

かつて家出した際、嘉文に拾われ、彼の助手となった。高校卒業後は彼と婚約し、一緒に暮らしている。

雪（ゆき）

鍵屋の看板猫。真っ白でふわふわ。金庫に閉じ込められていたのをこずえが助けた。

イラスト／ねぎしきょうこ

序章　恋と情熱

鼓動が乱れていた。

《俺、本気だから》

熱っぽくそうささやいたのは、『虎屋』の跡取り息子である柴倉豆助。腕も確かで接客もうまく、格好いいと評判の若き和菓子職人だ。

《ちゃんと口説くから、覚悟して？》

彼は微笑み、祐雨子の唇をしっとりと指先で撫でたあと調理場へと去っていった。

ショーケースにもたれかかるようにして座り込んだ祐雨子は、真っ赤になって両手で唇をおおい隠した。彼が触れた場所が熱かった。

異性から告白されたことは何度かある。

けれど、こうして宣戦布告のように告げられたのははじめてだ。

着信を報せる携帯電話に、祐雨子は茫然と視線を落とした。

楽しそうに躍る文字とともに届いたのは寄りそう男女の写真だった。一人は祐雨子の友人で、学生の頃から引く手あまた、抜群の運動神経を持ち成績も優秀で友人も多く非の打ち所のない美女——華坂亜麻里である。華やかで、自信に満ち、行動力のある積極的な人。

そしてもう一方——そんな彼女が寄りそっている青年は淀川多喜次だ。知り合って十五年ほどたつ彼は、驚きつつもまんざらでもなさそうな顔をしていた。当然だろう。亜麻里が相手なら、いやがる男のほうが少ないに違いない。

　祐雨子はそう納得しようとした。

　だが、すんなりと受け入れることはできなかった。

　人懐こくて誰とでもすぐに仲良くなる彼は、ずっと祐雨子のことを慕ってくれていて、祐雨子も彼を弟のようにかわいがっていた。

　そんな彼からプロポーズされたのは去年の春のこと。

　今、友人が彼に好意を抱いている。

　柴倉に興味を持ち、多喜次のことは眼中にすらなかったのに。

　ばくんと、鼓動が跳ねた。

　祐雨子はとっさに胸を押さえ、あえぐように浅く息を吸い込んだ。混乱しすぎて呼吸さえ忘れていたらしい。

「あら、祐雨子ちゃんどうしたの？　気分でも悪いの？」

　いつの間にか常連さんがショーケース越しに祐雨子を覗き込んでいた。引き戸が開いたことすら気づかなかった祐雨子は、慌てて立ち上がって愛想笑いを浮かべた。

「すみません、ちょっと……立ちくらみで」

「無理しちゃだめよ。誰か他の人はいないの？」

祐雨子の言葉に常連客は不安げに店の奥を見る。のれんの向こうは調理場で、そこには柴倉はもちろんのこと、祐雨子の両親も働いていた。

「だ、大丈夫です。少し夜更かしをしただけなので」

嘘に嘘を重ね、祐雨子は心苦しさに作り笑いを引っ込めた。

こぼれ落ちた溜息は、いつになく重いものだった。

第一章　バレンタイン抗争

1

「もしもし、亜麻里さん？　ごめん、今仕事中で……」

聞き慣れた電子音に手を止めると淀川多喜次の声が続いた。祐雨子は磨き上げたショーケースから視線をはずして調理場へと続くのれんを見る。

声がひそめられたため、内容はすぐに聞き取れなくなった。

「デートに誘われてるみたいですよ」

じっとのれんを見続ける祐雨子に声をかけてきたのは柴倉豆助である。告白してきて以来、彼の距離が以前より近い気がする。強引に迫ってくることはないが、気づくとそばにいて話しかけてくるのだ。

「華坂さんからデート宣言のメールが来た日から、毎日のように電話やメッセージが来てるって。華坂さんってかなり積極的みたいですね」

和菓子を補充しながら続けられる言葉に、心臓を冷たい手でぎゅっと握られたような感じがした。祐雨子は慌ててのれんから視線をはずす。

とたんに柴倉と目が合った。

「俺たちもデートに行く？」

「年上をからかうものじゃありません」

明日の天気の話をするような軽い口調――だから祐雨子もいつもの調子で「めっ」と怒った。告白も、亜麻里の「デート」という言葉に触発されたのだと、そう考えようとした。けれど彼は素早く祐雨子の手を取り、顔を覗き込んできた。

「真剣な相手をそうやってはぐらかすのはよくないと思うんだけど」

祐雨子は思わず息を止める。顔が近い。ぐぐっと体をのけぞらせた祐雨子は、反射的に柴倉の胸を押し返した。

すると彼はあっさりと退いた。まるで駆け引きを楽しむように。

なにを考えているのか摑めない。警戒するように柴倉を見つめると、電話が終わった多喜次が薄皮まんじゅうの追加補充を手に戻ってきて、二人を見て首をかしげた。

「――柴倉、お前なにかした？」

「どうして俺なんだよ」

「なんとなく」

多喜次に睨まれて柴倉は軽く肩をすくめてさっさと調理場に引っ込んでいった。代わりのように多喜次がショーケースの前に立ち、ちらりと祐雨子を見た。

「な、なんですか?」

「……顔が赤いけど、本当になにもないんですか?」

「なにもありませんでした」

 答えるなり顔をそむけてショーケースを拭き直す。視線を感じるが、顔を上げることができなかった。

　祐雨子は話題を変えるように質問を口にした。

「多喜次くんも、最近なにかありました？」

「……別になにもないけど」

　亜麻里から頻繁に電話がかかってきていると、柴倉は言っていた。今だって彼女からの電話を取っていた。けれど多喜次はそのことに触れようとしなかった。

　薄皮まんじゅうの補充を終えた多喜次が立ち上がる。

　つられて視線を上げた祐雨子はドキリとして顔を伏せた。

　背が、また少し高くなっていた。

　淀川多喜次とはじめて会ったのは、彼が三歳か、あるいは四歳くらいのときだった。年相応に小さかった彼は、大人の背後に隠れてじっと様子をうかがうような子どもだった。

　しかし、警戒心以上に好奇心が強いたちで、すぐに大人の背後から飛び出し、空を指さし雲の数をかぞえ、風に舞う木の葉を追いかけ、それに飽きると道行く車に興奮して歓声をあげ飛び跳ねた。コロコロと変わる表情がかわいらしかった多喜次は、次になにをはじめるのかわからず目の離せない子どもだった。

　そんな彼が、高校を卒業するとき祐雨子に求婚した。彼への感情は家族に抱く親愛に限りなく近いもの――だから祐雨子は、とっさに彼の告白を〝保留〟にしてしまった。

　あの季節が、間もなく訪れる。

「祐雨子さん」

　呼びかけてくる声が思いがけず低く、祐雨子は伏せ気味の顔をはっと上げる。じっと見つめてくる一途な眼差しにドキリとして身構えた。

　多喜次の唇が開く。迷うような間があった。声を発する直前、店内に電話の音が鳴り響き、多喜次は祐雨子から視線をはずす。

　多喜次が受話器に手を伸ばすのを見て祐雨子は小さく息をついた。

「お……男の子は、急に成長するから……」

　困る。悶々としていた祐雨子は、多喜次が薄皮まんじゅうの配達を受けるのを聞いて箱を用意した。多喜次の書いたメモを覗き、数を確認して箱に詰めていく。

「祐雨子さん、ありがとう。櫻庭神社に配達行ってきます。それからちょっと『月うさぎ』

さんのところにも」

「コラボの打ち合わせですか？」

「うん」

多喜次がうなずくとのれんが持ち上がって柴倉が顔を出した。

「本条さんところの月命日のあじさい作り、忘れるなよ！」

「なんだ、柴倉心配してくれてるのか？」

嬉しそうに返す多喜次に柴倉が顔をしかめた。

「違うっ！　二月のイベント用の和菓子のデザイン案も出せって言われてるだろ。お前、自分が忙しいって自覚あるのか？」

「任せろ！」

二月のイベントといえばバレンタインだ。今年は祐雨子の父であり和菓子職人でもある蘇芳祐からのリクエストで、多喜次と柴倉の二人が案を出すことになっている。

「いってきます」

多喜次の視線はまっすぐ祐雨子に向けられている。

「いってらっしゃい」

声を返すと、多喜次は少しほっとしたように微笑んで「あとよろしく」と柴倉に声をかけ、薄皮まんじゅうの入った箱を紙袋に入れると配達に行った。

祐雨子が掃除を再開すると、柴倉はすぐに調理場へと引っ込んだ。

空気がギスギスしている気がする。

溜息をついたとき携帯電話が鳴り出し、祐雨子はびくりと肩を揺らした。帯から引き抜き確認すると亜麻里からだった。店内に人はいない。メッセージが届くと休み時間に返すが、来客がない場合、電話は緊急という可能性も考慮し、用件を聞いて折り返すことが多い。ただ、相手が相手だ。祐雨子は迷ったが、恐る恐る電話に出た。

『多喜次くん、ちっともデートに誘えないんだけど⁉』

開口一番、亜麻里がそう訴えてきて、祐雨子はぎくりと硬直した。

「い、今は、忙しいんです」

『忙しいって、毎日誘ってるのに全部断られるのよ⁉』

まさかそこまで頻繁に連絡を取っているとは思わなかった。祐雨子が知らないところでも電話をしたりメッセージのやりとりをしているということなのだろう。

急に足下がすうっと寒くなるような気がした。

「多喜次くんは……」

二人の距離はどのくらい縮まったのだろう。

押し黙った祐雨子は、不審がる気配を感じて慌てて言葉を続けた。

「多喜次くんは、お得意様の月命日に専用の和菓子を作って配達していて、小さな女の子の和菓子作りのお手伝いもしています。それに、隔週で『月うさぎ』というパン屋さんとコラボで和菓子を創作して、一週間に一回習字教室にも通っています」

言えば言うほど多喜次の多忙さを痛感する。ちゃんと睡眠はとれているのだろうか。どんなに丈夫な人であっても、ときには体と心を休めるための時間が必要だ。今の多喜次にはそれがないように感じられる。

毎日元気に走り回っているが、無茶をしているのかもしれない。

「調理師専門学校にも行って、勉強のために学校の友だちと出かけることもあるんです」

『学校の友だちと出かける時間があるなら私とデートしてもいいじゃない！』

遊びに行くことと勉強しに行くことを同列で語るべきではないのだが、今の亜麻里にはどうやらその理屈が通じないらしい。もちろん、女心が理解できないというわけではない。だが同時に、肯定(こうてい)もできず返答に窮(きゅう)してしまう。

私と仕事のどっちが大切なの、そう問われる世の男性の気持ちを想像してしまった。

「こ、今月は、和菓子の案も出さなければいけないんです」

必死でフォローすると溜息が聞こえてきた。

『忙しいのね』

納得してくれたようだ。直後、乾いたものがこすれる音とともに籠もった声が聞こえてくる。どうやら誰かと話しているらしい。

「仕事中ですか？」

『んー、これからミーティングなの。でも、書類まとめるのに手間取っちゃってなかなかはじまらなくて。休憩返上して駆り出されたから、みんなカリカリして参るわ。会議室で飲むコーヒーって、あんまりおいしくないのよね』

書類を書きながら話しているらしく、コッコッとペンが紙を叩く音が聞こえてきた。待っている間のわずかな時間で仕事をしつつ電話を入れているらしい。本来ならゆっくりコーヒーを楽しむはずのひとときが奪われて、彼女の声も少し刺々しかった。

『多喜次くん、和菓子の案も出してるの？　ショーケースに並んでる和菓子よね？　そういうのって時間がかかるわよね』

「そうなんです。来月はバレンタインなんですが、せっかくだから多喜次くんと柴倉くんの二人にデザイン案を出してもらおうってことになって」

『……バレンタイン』

ペンの音が止まる。

『そうだわ。バレンタインよ、バレンタイン！　チョコ作りましょ！　艶子（つやこ）たちも誘ってみんなでチョコ作り！　彼のハートをがっちり摑むわよ！』

「……彼のって」

『多喜次くんに決まってるじゃない』

「あ……あの、多喜次くんは」

多喜次は去年、祐雨子にプロポーズしていた。そのことを伝えるなら今がチャンスだろう。だが、いざ伝えようと思うと適切な言葉が出てこない。

祐雨子はプロポーズの返事をしていない。そんな彼女が現状を伝え、亜麻里になにを訴えるというのだろう。

『あ、ごめん。資料が届いたみたい。チョコ作りの日程、また電話するわ』

まごついているあいだに通話はあっさりと切れた。

携帯電話を握る手がこわばって動かなくなっていた。

2

多喜次が通う調理師専門学校は、中学校を卒業して即入学する者もいれば、社会に出たあと調理師を目指し通う者もいた。だから、多喜次のように十代の生徒もいれば二十代、三十代、あるいは五十代といった多喜次の父親に近い年齢の生徒もいるのだ。

最近、多喜次がよく話をするのは洋菓子専攻の先輩で、学校を卒業したら『月うさぎ』で働くことが内定している和泉だった。体格は相撲取り、作るスイーツはメルヘンというギャップを地で行く彼は、細かい作業が得意な筋金入りの職人である。

「一月のテーマだった『正月』と『椿』の評判がよかった。そのせいで期待値がすごい」

「そ、それは、前にも聞きました」

顔を突き合わせるようにして机に向かい、多喜次は和泉からのプレッシャーに口元を引きつらせる。アレルギーのせいでケーキが食べられない子どものために、よりケーキに近い形をと作りはじめた和菓子ケーキは、『月うさぎ』とコラボすることで認知度も上がり、『つつじ和菓子本舗』でも定番商品としての地位を固めつつあった。多喜次はもちろんのこと和泉も自分がかかわる仕事とあって力が入っている。

「二月っていうと、草餅、梅、椿……は、先月作ったとして、えーっと……」

雪の下から顔を覗かせる春を表現した、ほんのり緑が美しい練り切り『下萌え』は完全に和菓子寄りだし、それ以外に思いつくものも春を表す和菓子ばかりだった。

「菜の花、水仙、福寿草、パンジーか」

「和菓子なら練り切りで成形できますけど、ケーキじゃ無理ですよね。同じ形にしないとコラボの意味がないし、季節の果物使うにしてもメインテーマが決まらないと……」

「バレンタインとか」

「それはもう店で出すんで」

「うちもだ。やっぱそれだとインパクト薄いんだよなあ」

手詰まりだった。溜息とともに多喜次は机の上に置かれた携帯電話を眺めた。

「連絡待ちか？　さっきからやけに気にしてるようだが」

「え、あ、すみません。待ってるわけじゃないんですけど……最近、よく遊びに行こうって誘われて」

「なんだ、のろけか」

「ち、ちが……っ!!」

慌てて否定する多喜次の背中に誰かがのしかかってきた。顔を上げるとフランス料理科を専攻する男子生徒だった。その後ろには、中華料理を学ぶ学生、アジア料理を学ぶ学生、ラーメンを極めようと勉強する学生、女性のチョコレート専門の菓子職人（ショコラティエール）、パティシエ、ケーキ屋の息子など、ぞろぞろと集まってきていた。

「噂（うわさ）になってるんだよ。タキが女に猛プッシュされてるって」

「誤解だって。ちょっといろいろあって、お礼がしたいからって誘われてるだけだよ。俺、いいって言ってるのに」

「乙女心がわかってねえなあ。お前をデートに誘ってくれる女なんて希少なのに」

「どうせ俺はモテないよ！」

「あれ？　片想い十年目の相手がいるんだっけ？」

「十五年だろ。どんだけストイックなんだよ。ぼーっとしてたら他の男に盗られるぞ。押せ押せ、押しまくれー!!」

多喜次は友人たちの軽口にぎくりと肩をすくめた。ずっと片想いをし続けている祐雨子は、市松模様の小振袖に袴というスタイルで店頭に立つ和菓子屋の看板娘だ。今も店にいて、その隣には柴倉がいるだろう。祐雨子の両親である祐と都子もいるのだから変な気は起こさないだろうが、それでも二人が親密になるには十分な時間がある。

実際、二人の空気がここしばらくおかしい気がする。

「もー、やめてあげなさいよ。いいじゃない、ロマンチックで」

悶々と押し黙っていると女子が優しくフォローしてくれた。確かシュークリームの専門店を開きたいと学んでいる子だった。

「お前も乗り換えちゃえよ。誘われているうちが花だぞー」

「それはもういいんだって。近ごろ連絡来なくなったし」

「もうフラれたのかよ!」

「だからそういうのじゃないって」

毎日のように連絡がきていたのに急に沈黙したので気にはなる。当然のことだ。誰だって動揺するだろう。多喜次は自分にそう言い聞かせた。

「……忙しいんだろ、きっと」

「寂しいのかよ」

ニヤニヤ笑う学友に多喜次は眉をひそめた。

「今は俺も忙しいの。バレンタインの創作料理だって作らなきゃならないのにさ」

仕事はもちろんだが学校の課題だってある。総合学科はペースが早い。基本の衛生管理を叩き込まれたあとは中華、フレンチ、和食と着手していく。

「苦手なジャンルで創作料理とか、氷道(ひょうどう)先生マジドS(エス)」

「俺、店の和菓子の案も出さなきゃいけないのに」

多喜次は机に突っ伏した。大半は自分から背負(しょ)い込んだ仕事とはいえ、さすがに重なりすぎて余裕がない。だが、泣き言は言っていられない。集中しなければならない。

そうわかっているのに、気がつくと祐雨子のことばかり考えてしまう。

「雑念退散、雑念退散」

多喜次が呪文のように繰り返していると、ぽんっと肩を軽く叩かれた。

「コラボさ、雪だるまってどうかな。あたし考えたんだけど、洋菓子はスポンジ丸くして粉砂糖で白くしてさ、和菓子は大福で体を作るの。どっちもお腹(なか)に苺(いちご)を入れて。もちろんスポンジのほうは生クリーム入りね」

「スポンジ丸くするのはサイズ的に難しいんじゃない？」

「中に入れる苺を刻めばいいだろ。粉砂糖よりシュガーコーティングのほうが食べやすいんじゃないのかな。洋菓子のほうは、目はレーズン、体はクランベリーで模様入れるとして、和菓子のほうは黒豆と……えーっと」

「羊羹(ようかん)かな」

多喜次が告げると、学友たちは「そうそう」とうなずいた。

「俺、デザイン案出していい？」

「あたしもやりたい！　自分が考えたものが店に並ぶってドキドキするねっ」

キャッキャと教室の一角が盛り上がる。

「デザイン、簡単なのしか無理だぞ。何パターンか出して、それをランダムに作る感じにするから自分のやつが採用されなかったからって泣くなよ」

和泉が楽しげに声をかける。「えー」と抗議の声があがる。思わず多喜次が苦笑すると、教室の騒ぎに気づいた先生が一人、するすると入ってきた。学者のような出で立ちの細身の彼は、和菓子を教える和菓子職人である。

「いいねえ、実に楽しそうだ。食は心を豊かにするよね。本来、食べることは生命維持だけど、文明社会においては娯楽要素も必要だ。目で見て、鼻で香りを確かめ、舌で堪能する。食べることが単なる栄養補給でなくなったことが、人が生き物の頂点に立ったことの証であると僕は考えるんですよ。だから君たちは、人々の発展のために頑張んなさい」

ずいぶんと大げさなことを言って先生は上機嫌に去っていった。

生徒たちは顔を見合わせ、ちょっと笑う。

なるほど、これは人類の発展に貢献する仕事なのかと、多喜次はコラボケーキの案を眺める。そうしていると、時計を確認した学友の一人が「いいのか？」と尋ねてきた。

「淀川って昼から和菓子屋でバイトだろ？」

「え、もう二時半⁉　やばっ‼」

慌ただしく荷物をまとめる多喜次に学友たちは呆れ顔だ。恒例となりつつある会話だからである。

「バイト代あんま出ないいんじゃなかったっけ？　たまにはサボってもいいんじゃねーの？」

「バイト代は関係ないんだよ。修業させてもらってるんだから。それよりデザイン案、ありがとな。じゃ、お先！　先輩もまた明日！」

　コートとマフラーを摑み、見送られるまま教室を飛び出してまっすぐ駅に向かった。電車に飛び乗り、携帯電話を睨む。店の混み具合を尋ねるふりをしてでも祐雨子と柴倉がどうしているか知りたい。が、ストーカーっぽくて自粛した。携帯電話を凝視した多喜次は、祐雨子から滅多に電話がかかってこないことを思い出して肩を落とした。ここしばらく連絡を取り合っていたのは祐雨子の友人である華坂亜麻里だ。今はそれもなく、たまに高校時代の友人から大学生活を謳歌していることを伝えるメッセージが届いていた。働いている友人にいたっては、彼女と同棲している者までいるのだ。

「う、羨ましくなんて、ないんだからな……!!」

　園児だった頃から状況が変わっていないのはさすがに多喜次だけだ。万年片想い。プロポーズも保留のまま、ムーディーに告白しようと思っても止められてしまう。これ以上押しまくったら、祐雨子に逃げられてしまいそうで怖い。

　花城駅に着くと多喜次は駆け足で店に向かった。空は厚い雲におおわれて底冷えし、それを見ていると正体不明の不安だけが膨らんでいく。

「遅くなってすみません」

凍(こご)える手で裏口のドアを開ける。むわっとあたたかい空気が全身を包み、こわばっていた体からよけいな力が抜ける。

調理場にいたのは祐と都子、柴倉の三人だった。

多喜次は杞憂(きゆう)に胸を撫(な)で下ろした。

「すぐ仕事に入ります」

二階に上がって寒さをこらえながら手早く着替えをすませると、一階に戻って腰下エプロンを着けて店内を覗いた。

多喜次を見たとたん、祐雨子がびくりと肩を揺らした。

「あ、お帰りなさい、多喜次くん」

「た、ただいま」

「じゃあ私、少し休憩をいただきますね」

祐雨子はそう言って、豆の入っているザルを多喜次に渡す。仕入れた豆に虫食いや欠け、形が悪いものがあれば取りのぞく。それは、餡(あん)を作るうえで大切な作業だ。以前と比べるとだいぶ品質がよくなって弾(はじ)く量も少なくなったが、今でも丁寧に仕分けを続けている。豆の選別は手のあいた者がおこなうので、仕事を任されるのはいつものことだった。

けれど、いつもと違うことがある。

祐雨子が多喜次と目を合わせようとせず、逃げるように調理場に行ってしまったのだ。

「……さ、……避けられてる……？」

そんなこと、いまだかつてあっただろうか。プロポーズが保留になったあとですら、彼女は多喜次とごく普通に接してくれていたのに。

そもそも彼女は、ストーカーとすら友情を築いてしまう希有な人だ。

そんな彼女から避けられるなんて、無意識のうちに彼女が嫌がるような決定的ななにかをやらかしたとしか思えない。身に覚えはないが、だからこそ相手を怒らせる要因になってしまったと考えるのが妥当だろう。

だらだらと冷や汗が流れる。

これで学友の言う通り押しまくったら、今の関係すら破綻しかねない。

「タキ、豆の選別手伝おうか……って、なにやってるんだ？」

ザルをかかげ持って座り込む多喜次に気づき、柴倉は首をひねる。柴倉がなにか事情を知っているのではないか。質問が喉元まで出かかったが、ライバルにそれを尋ねるのはさすがに格好悪い。

多喜次はぐっと言葉を呑み込んだ。

「なんでもない」

そう返し、豆を半分だけ柴倉に渡した。

一月の終わりにバレンタインの案を出した。その案に、和菓子職人である祐が手を加え、赤い小箱に入った専用の菓子がこしらえられた。

例年は苺あんを使ったハートの練り切りを小売りしていた。上生菓子である練り切りは白あんと求肥(ぎゅうひ)で作られ、着色してさまざまな形に成形される。その中でもバレンタイン用の菓子は、イベントの性質上、ハートになる場合が多い。多喜次と柴倉が原案を出した和菓子もそれら前例を踏襲(とうしゅう)し、バレンタインの一週間前、二月七日から店頭に並んだ。

「あら、今年は早いのね。自分用に一ついただこうかしら」

ありがたいことに、そう言って買っていったお客様が気に入って別の日に購入することも多かった。専用の箱の注文が百箱からで、最低ラインではどうしても割高になるため前倒しで売りはじめたが、予想以上に好評だった。

二月十一日、昼過ぎ。

祐雨子はバレンタイン用の和菓子を五つ持ち、足早に友人のもとへ向かった。

三駅離れている友人宅は、新築のマンションが多く建ち並ぶベッドタウンにあった。さすが出世頭、という印象を抱いたのは、最上階に住んでいるのが理由だった。エントランスはオートロックで防犯カメラも設置され、管理人室まであった。

「いらっしゃい。よかったの？　今日、仕事だったんでしょ？」

ナチュラルメイクでも目を見張るほど美しい友人――華坂亜麻里は、祐雨子を部屋に招き入れながらそう尋ねてきた。

「バレンタインが忙しくなりそうで、その前なら半休入れてもいいと言われたんです」

建国記念日のため、学校が休みだった多喜次が朝から店に入ってくれていたのも大きかった。それに、家族三人で切り盛りしていたときのことを考えれば、客足が増えても多喜次と柴倉の二人が和菓子作りや接客をしてくれているぶん、ゆとりができている。

「あ、多喜次くんは見習いなので、休みはあってないようなものなんです」

多喜次の名誉のために告げると「祐雨子を責めてるわけじゃないわよ」とそっけなく返ってくる。平気そうにしているが、眉がわずかに寄せられていた。

「買い出しは？」

祐雨子が話題を変えると、亜麻里に手招きされた。１ＬＤＫだがダイニングキッチンは十畳と広く、木目の美しい家具は亜麻里のセンスのよさを表しているようだった。青々とした葉をたっぷりと挿した白い花瓶には、上品に赤い花が一輪だけ生けられている。対面キッチンにはすでに友人たちが食材を並べていた。

「買い出しは午前中にすませてあるわ。祐雨子、食事は？　なにか軽く作ろうか？」

「作れるんですか⁉」

見た目が華やかな亜麻里は、キッチンに立つより夜の街を闊歩するタイプに見えた。ワインとコース料理が似合い、調理はおろか、居酒屋とも無縁の生活を送っているセレブタイプ。けれど亜麻里は呆れたように溜息をついた。

「当たり前でしょ。料理くらいできるわ。高校の頃だって、お弁当、自分で作ってたし」

彼女が高校時代に愛用していた二段重ねの小ぶりな弁当箱には、レトルトを上手に活用しつつ見栄えよく料理が詰め込まれていた。美人で社交的なのに料理がうまく家庭的――そんなギャップが異性を惹きつけるのだろう。料理が苦手な祐雨子とは大違いだ。

大きな窓から光をいっぱいに取り込んで明るいダイニングキッチンで、友人たちが祐雨子に向かって手をふる。

「お疲れー」

ブランドもののエプロンで完全武装を果たしているのはキャリアアップを目指し転職を続ける転職魔、東西南。知識を吸収することに貪欲な彼女は、こうした余暇も自分にプラスになると判断して積極的に参加する。

反対に、椅子に腰かけふて腐れるのは仲間内でダメンズハンターと呼ばれる双葉艶子だ。同性ばかりの集まりで、しかも基本的に建物の中での作業と割り切っているのかマスクをしただけのすっぴんだった。

「バレンタインチョコなんて買えばいいのに。入れ替えたら手作りっぽく見えるし、それでいいと思うんだけどなあ」

「艶子ちゃん、せっかく来たんだから作ろうよ」

やる気なのか腕まくりするのは楚川かのこだ。長い髪を一つにまとめ、鼻歌交じりに本を眺めている。猫とスイーツがあれば生きていける文系女子はなぜかとても機嫌がいい。

「祐雨子ちゃん、材料費は亜麻里ちゃんが立て替えてくれてるからあとで割り勘ね。トリュフとクッキー、パウンドケーキも焼くけど……あれ？　なに持ってるの？」

かのこに問われ、祐雨子は手にした紙袋をテーブルの隅に置いた。

「お店で出してるバレンタイン和菓子です。よろしかったらどうぞ」

「え、これが多喜次くん考案の和菓子⁉」

飛びついた亜麻里に祐雨子はぎくりとした。

最近、店にいるあいだ、多喜次の携帯電話に彼女からの着信はなかった。だがそれは、多喜次をあきらめたのではなく、祐雨子の知らないところで連絡を取り合っていただけだったのかもしれない。

多喜次に訊けば、きっと答えてくれる。だが、プライベートに踏み込みすぎている。マナー違反だ。なにより柴倉がつねに一緒にいて尋ねるような時間はなかった。

口説くと宣言された柴倉からは、とにかくひたすら親切にされている。荷物を運んでいれば駆け寄って代わりに持ってくれるし、接客のときもスマートにサポートしてくれる。以前は「言われた仕事をこなす」という体だった彼だが、今は少しでも多く学びたいとでもいうように率先して祐に教えを請うていた。もちろん、多喜次も懸命に学んでいた。だが、すでに多くを習得している柴倉との技術差は一朝一夕に埋められるものではなく、張り合うたびに打ち砕かれて不憫だった。そして、皮肉なことに、そんな多喜次のフォローも柴倉の仕事となっていた。母である都子からの評価も高く、周りからの好感度は上がる一方。非の打ち所がない鉄壁の好青年だ。

できすぎている。

「……も、もしかして、これが彼なりのやりかた……?」

祐雨子は戦慄した。口説くと宣言されたときは、遊びに誘われたりプレゼントをもらったりと、もっと目に見えてわかりやすい行動をするのだと身構えていた。けれど彼がとったのはそうした直接的なものではなくもっと間接的な——自己評価を上げ、周りから信頼を得て外堀を埋めていくという類のものだったのだ。

「やーん、かわいい！　ハートのこれって練り切りってやつ？　大福ってなに味？」

亜麻里の声に、真っ青になって震えていた祐雨子がわれに返る。

マーブル模様になっているハートの練り切りに亜麻里が目をキラキラさせていた。

「ハートは練り切りで、中に苺あんが入っています。上にのっている小さなハートは羊羹で作ってあります。四つの仕切りには、練り切りの他に、チョコレートのクリームと苺のクリーム、レアチーズケーキの入ったミニ大福が入っています。見た目もかわいらしくて、リピーターも多いんですよ」

もしかしたら箱を追加注文する必要があるかもしれない。バレンタイン当日に受け取りたいと注文を入れてくれる人もいるから、前日と当日は忙しくなるだろう。

「こちらはバレンタイン期間中に来てくださったお客様に特別にお渡しする干菓子です」

小さなおひねりを亜麻里たちに渡す。中身は薄桃色をした半透明のハート型の和菓子である。これもまた多喜次たちの案で、彼の仕事量を増やす原因になっていた。

「なにこれ、かわいい！　和菓子なの？」

南が悲鳴をあげる。

「琥珀糖と言います。寒天で作られた干菓子で、季節を問わずいろいろな形を楽しめるんです。夏なら流水をイメージした青い琥珀糖を、新春には梅や桜、若葉、秋は紅葉みたいに。寒天を固めたあと型抜きし、五日ほど乾燥させるので作るのに手間なんですが」

「おもちゃみたい」

「あまーい！　お茶淹れようよ、お茶」

かのこは琥珀糖を指でつまみ、亜麻里がティーカップを用意する。

「少しよぶんに持ってきてあるので食べてください。あ、常温で十日ほどもちます。冷蔵庫には入れないでくださいね」

「これだけ小さいと罪の意識がなくなるわね」

艶子が琥珀糖を齧る。お茶が出されて一服すると、すぐにチョコ作りがはじまった。

「私はパウンドケーキ！　アーモンドスライスたっぷりのせたやつ！」

うきうきと南が料理本を開く。

「誰にあげる気よ⁉」

「自分で食べるに決まってるでしょ。今の会社、バレンタイン禁止だから義理チョコも配らなくていいし楽だわー」

「そんなんでいいと思ってるの⁉　このチャンスに射止めなさいよ、男を！」

あげる相手がいても気に入らないが、いないのも不満らしい。チョコレートを刻みながら艶子が嘆(なげ)いている。

「かのこちゃんがチョコ作りに参加するとは思いませんでした」

湯煎(ゆせん)の準備をするかのこに声をかけると、彼女はちょっと照れたように笑った。

「祐雨子ちゃんも、意外。来ないと思ってた」

「え……ええ、少し時間ができたので」

チョコ作りが気になって、じっとしていられなかったのだ。朝からずっと落ち着きのない祐雨子を見て、「用事があるなら早く言え」と祐があっさりと休みをくれた。チョコレートを作りたいと伝えたら、ちょっと引かれてしまったが。

「私が料理を作ると、みんなそっと離れていくんですよね」

まともに作れるのは分量と手順が決まった薄皮まんじゅうだけ。それ以外のものを嬉々(きき)として食べてくれるのは多喜次一人だった。手作りのチョコレートを渡したら食べてくれるだろうか――それとも亜麻里の手前、断るだろうか。生クリームを量ろうと計量カップを手にしたまま思案していると「本当に珍しいわよね」と亜麻里が声をかけてきた。

「かのこも自分用？」

「……彼氏用」

「え……彼氏⁉　彼氏って、それちゃんと全自動で動く相手⁉」

「亜麻里ちゃん、落ち着いてください。機械のほうがニュースですよ⁉」

「亜麻里も祐雨子も落ち着きなさい。で、どんな男よ。猫とスイーツの次ぐらいにいい男なんでしょうね」

「艶子ー、目が据わってるよー」

南がツッコミを入れる。クリスマス前には異性の影のなかった友人が、今は恋人のためにチョコレートを作ろうとしている。意外すぎる展開に、亜麻里と艶子が詰め寄った。

「いつ告白されたの⁉　はじめてのデートは手を繋ぐだけにしときなさいよ⁉」

「どんな男⁉　どこで知り合ったの⁉　写真は⁉」

「バ、バイト先。ミステリ小説が好きなサラリーマンで、ま、真面目な感じの人」

友人の剣幕に、かのこは求められるまま携帯電話を出す。

「飢えてる二人が食いついちゃったよ。やっぱガツガツしてると寄ってこないのかなあ。亜麻里が愚痴ってたんだよね。祐雨子のところの職人がちっとも構ってくれないって」

「……そ、……そうなんですか」

「八つも年上だし、普通に考えたら相手が引いちゃうよね」

南の言葉に祐雨子はぎくりとする。

「――亜麻里ちゃんが、美人で魅力的でも？」

「年齢的に気楽につきあえないでしょ。十代の男なんて、それこそ遊びたい盛りじゃない。そりゃ年上に魅力感じることもあるだろうけど、結婚も視野に入ってる女は重いよ」

初婚の年齢が上がっているとはいえ、改めて突きつけられると確かに厳しい。

「男の三十代は脂がのってて、女の三十代はお局様とか、とんだ偏見だと思うけどそれが現実。だから、将来そう言われるのがいやでキャリアアップ目指してるのよ」

南がシビアな話に苦笑していると、携帯電話でかのこの恋人を確認した亜麻里たちが顔を見合わせていた。

「確かに真面目そうな人ね。服装も面白みの欠片もないくらい普通だわ。清潔くらいしか取り柄がない感じ。このはにかみかた……まさかこっちも異性に免疫ない系？」

「公園で写真撮るとかベタすぎるし地味だわ。ちょっとぽっちゃりなところは自己管理の甘さが出てると思う」

「艶子ちゃんも亜麻里ちゃんも辛口すぎ」

「当たり前じゃない。かのこの初カレよ。厳しくてなにが悪いの」

肩をすぼめるかのこに、亜麻里が当然とばかりに言い放った。うなずくのは艶子である。

「だいたいね、普通が一番いいのよ。奇抜なのは苦労するの。感性合わない男とつきあったら、はじめは楽しくても十中八九苦労するんだから」

「実体験ね」

「亜麻里だって苦労してたじゃない。それにね、男もちょっとぽっちゃりしてるくらいがいいのよ。細身のやつは神経質が多いの！」

「艶子の歴代彼氏ってみんな病的に細かったわよね。でもあれって単なる好みでしょ？」

「鎖骨に萌えるのよ！　鎖骨に！　くっきりが好きなの!!　と、とにかくね、友人の幸せは全力で応援するのがポリシーだから！」

「その点は同意だわ。かのこ、好きならその男、絶対に逃がすんじゃないわよ！」

　熱い友人たちのエールにかのこは目を白黒させている。

　友人の幸せは全力で応援する。だから、亜麻里も艶子も品定めに熱心なのだ。けれど、祐雨子は亜麻里を応援することができない。

　ふと思い浮かんだ多喜次の笑顔に祐雨子は唇を噛む。

「祐雨子、浮かない顔してる」

「そ……そんなこと、ありませんよ？　あ、チョコレート刻むの手伝います」

　南の指摘に祐雨子は慌てて包丁を持つ。不器用にチョコを砕いていく祐雨子に視線を投げた南が、亜麻里たちが写真を見て盛り上がっているのを確認してから小声になった。

「亜麻里が興味を持った子って、祐雨子の特別な子？」

思いがけない問いに、祐雨子の手が止まる。

「クリスマス会のとき、ちょっと不自然だったから。同性も異性もひっくるめて〝お友だち〟って言い切っちゃう祐雨子が、なんかあの子のときだけ迷ってるみたいに見えた」

「……プロポーズを、されていて……」

「プ……!?」

ぎょっとする南の口を祐雨子が慌てて両手でふさぐ。間近に迫った包丁に、南が驚愕（きょうがく）の眼差しを向けてきた。

「ちょ、なんでそんな相手を亜麻里に紹介するのっ」

紹介したつもりはない。尋ねられたことに答え、何度か一緒に出かけたら、いつの間にか亜麻里が多喜次に興味を持ってしまったのだ。

「こんなことになるとは思ってなかったんです」

「――あの子、結構本気で落としにかかってるよ？」

「……知ってます」

思わず溜息が漏れてしまう。南は眉根を寄せた。

「その子のこと、好きなの？」

それを尋ねられると言葉に詰まる。無様に刻まれたチョコレートのように、祐雨子も恋愛に対して器用ではないのだと認めるほかない。

「私、どこか欠落してるんでしょうか？　恋愛とか結婚が、どうしても自分のことと結びつかないんです」

「昔からそうだったもんねえ。普通、友だちに恋人できたって聞くと多少は焦るもんだけど、全然そういうのなかったよね。私なんて、とりあえずお試しでつきあっちゃったりしてあとで後悔したこともあったけど」

「その感覚がよくわからなくて」

「けど、亜麻里とお店の子がつきあうのはいやなんだ？」

「……いやというか……モヤモヤします」

「まあ、そこまで自覚してればいいんじゃないの？」

「ぜ、全然よくありません。最近は柴倉くんまで……」

「ん？　もう一人の子？　なにがあったの？　隠したっていいことないわよ」

そう指摘され、亜麻里の一件を思い出して祐雨子は肩をすぼめた。隠し事をしてこれ以上ややこしい事態になることは避けたかった。

祐雨子はそっと秘密を吐露する。

「口説くと、言われてしまったんです」

南がぎょっとした。

「わ、若さって情熱ね。恋愛眼中にない草食系女子に全力疾走って」

「外堀が埋められてる気がしてるんです」

不安をそのまま言葉にすると、南は少し考えてからとんでもない提案をしてきた。

「そっちから先につきあっちゃえば？　せっかくのイケメン、もったいないじゃない」

「不実です」

「普通だから。お試しだから」

「南ちゃんはそれで失敗したってさっき言いませんでした？」

「最終的にそう思っただけで、つきあってるうちに好きになることもあるでしょ」

「……お試し、ですか」

「そうそう。難しく考えないの。とりあえず、チョコは二つ作ったら？」

どういう基準で買ったのか、材料はたっぷりとあるようだ。本命だとか義理だとかいう話は横に置き、日頃お世話になっているお礼を兼ねてチョコレートを渡すというのはよくある話である。作るだけ作っておこうと決めると、かのこの恋人を見て満足したのか、亜麻里たちがチョコレート作りに戻っていた。

バレンタインまであと三日。

きっと亜麻里は今日作ったチョコレートを持って店を訪れるだろう。そして多喜次はチョコを受け取る。手作りならなおさら断ったりはしないに違いない。想像できるだけに焦ってしまう。

「亜麻里のチョコって一個だけなの？　義理チョコは？」

艶子の問いに亜麻里は胸を張る。

「今年は本命一個だけ。絶対に気に入ってもらうわ」

自信に満ちた亜麻里は光り輝くように美しかった。

祐雨子はチョコレートに包丁を落とす。乾いた音とともに、欠片が散った。

3

二月十二日は思いがけずお客様が多かった。聞けば例年の倍近かったらしい。バレンタイン和菓子だけを買っていく人も多く「コスパが悪いから儲けにならねえ」と文句を言っていた祐もどこか嬉しそうだった。祐の言う通り原材料費と手間を考えたら完全に赤字だ。目の肥えた常連客はそれに気づき、近所に配るためこっそりと買っていくほどだった。

もっとも、どんなに安くても不味ければリピーターにはなってくれないので、嬉しい悲鳴には違いなかった。

　十三日も忙しいとふんで、学校が終わるなり食事の誘いを断って大急ぎで店に帰った。

「ただいま戻りました！　着替えたらすぐ入ります！」

　熱気に包まれた調理場は修羅場だった。祐がバレンタイン和菓子を作り、都子がそれをせっせと箱に詰めていく。空箱が減るどころか増えているところをみると、どうやら二度目の追加注文を入れたらしい。のれんのあいだから店内を覗くと、連日の忙しさに寝不足だった多喜次の頭から眠気が吹き飛んでいた。和菓子を吟味（ぎんみ）するのも一苦労というほどショーケースの前に人がいる。そのうえレジ待ちのお客様が四組もいる。悠長に着替えている場合ではない。

　多喜次はコートとカバン、マフラーをまとめて棚に置いて手を洗うなり店内に向かった。

「この『ハッピーバレンタイン』を三つと、『朝もや』を一つ、『寒椿（かんつばき）』を一つ、『梅花』を一つ。あと、薄皮まんじゅうを十個ください」

「かしこまりました。少々お待ちください」

　祐雨子が会計をすませるあいだに柴倉が商品を箱に入れていく。お客様に中身を見せて確認を取り、ゴムでとめ、賞味期限のスタンプされたシールを貼（は）って袋に入れるまでが一連の作業。二人の息がぴったりで、多喜次は自分がいないあいだのことを考えて不安になった。長い時間一緒にいることは好意を抱く一因にもなるらしい。だから職場結婚が多いのだと、どこかの雑誌に書いてあった。

今、祐雨子と一番長くすごしているのは間違いなく柴倉だ。

多喜次は慌てて首を横にふって店内に入った。

「次でお待ちのお客様、注文はお決まりですか？」

多喜次の声に、祐雨子と柴倉が同時に顔を上げた。そんなところまで息が合って、羨ましくて仕方ない。

多喜次は無理やり笑顔を作り、胸ポケットからメモ帳とペンを取り出した。常連客もちらほらいるが、見慣れない顔も多い。ブログで大々的に宣伝しているし、口コミを聞いて来ている人もいるかもしれない。

客足が途切れたのは四時を少しすぎた頃だった。

「え、昼も食べてないのか⁉」

ぐったりする祐雨子と柴倉に、多喜次がぎょっとした。

「買ってきて、冷蔵庫に入れっぱなしです。今日はお客様が多かったので手早く食べられるお蕎麦にしようってお母さんにあらかじめ買ってきてもらっていたんですが時間が取れなくて」

「食べて！　っていうか、そういうことは先に言って！」

交代で休憩を、なんて悠長に考えている場合ではなかった。多喜次の言葉に柴倉が店の出入り口を見る。人が入ってくる気配がないのを確認して祐雨子を手招いた。

「じゃあ行こう、祐雨子さん。さすがにお腹すいたね」

「そうですね。それじゃ、お昼いただいてきますね」

祐雨子を誘う柴倉に多喜次は「えっ」と声をあげていた。まさか同時に席をはずすとは思わなかったのだ。別々に行ってほしい——そう訴えたいが、子どもっぽいわがままだと気づくと言葉にできなかった。

「いってらっしゃい」

「忙しくなったら呼べよ。すぐに助っ人に入るから」

「じゃあ柴倉だけ残れ」

なんとか冗談を口にして、多喜次は祐雨子たちを見送った。二人は冷蔵庫から蕎麦の入った袋を取り出すと足取りも軽やかに二階へ向かった。

「いつもなら次に混むのって帰宅ラッシュあたりだよな？　ってことは、あと一時間半はあるってことだよな？」

「タキ、手があいてるなら豆の選別頼む」

「はい！」

祐の声に調理場に引っ込み、麻袋に入った小豆をザルに移す。祐と都子はバレンタイン用の和菓子とともに補充用の和菓子をこしらえていた。柴倉のように手伝うことができたらと、多喜次は肩を落としながら店内に戻った。

祐雨子たちが二階に行ってから五分たった。さらに五分が過ぎる。

二十分を超えたところで多喜次はそわそわしはじめた。

「バレンタイン用の和菓子、いただける？」

様子を見に行こうと腰を浮かせると、タイミングが悪いことにお客様が入ってきた。

「いらっしゃいませ」

「午前中に買ったら息子が気に入っちゃってね……あら、朝いた男の人は？」

「今は休憩中です。お呼びしますか？」

「着物の店員さんと一緒に？　じゃあ呼んだら悪いわ。あの二人、お似合いよね。うちの息子もあんなふうに格好いいと、かわいいお嫁さん来てくれたのに」

ドキンと鼓動が跳ねる。

白衣に和帽子をかぶった柴倉と和装の祐雨子が並べば、いまだ自前のシャツで店頭に出ている多喜次より似合っていると言われても反論できない。

「ハ、『ハッピーバレンタイン』を、おいくつご用意しますか？」

「そうね、娘夫婦が来るって言ってたから、四つくらいお願いしちゃおうかしら。それから、羽二重が好きって言ってたんだけど……」

「でしたらこちらの『朝もや』はいかがですか？　舌触りがなめらかな羽二重餅を……」

和菓子の説明をしながらも心ここにあらずだった。二階では一体なにがおこなわれているのだろう。蕎麦なんて五秒で食える代物だ。残りの十九分五十五秒は——すでに二人が二階に行って二十分以上経過しているが——つまりはなにもしていない時間だ。否。もしかしたらなにかしているのではないか。人に言えないようなことを、こっそりと。

考え出すと止まらない。

多喜次が十年以上もがき続けても変えられなかった関係を、柴倉はあっという間に飛び越えてしまえる場所にいるのかもしれない。

機械的に商品を渡し、会計をすませる。多喜次はお客様が店をあとにするとくるりと振り返った。のれんをはねのけ調理場に入ると、湯呑みが二つのったお盆を持って都子が立っていた。

まさか都子も出歯亀か、と多喜次は戸惑った。けれど彼女は純粋に、娘と若き職人にお茶を出そうとしているだけだった。

「俺が行きます！」

多喜次は都子からお盆をひったくるように受け取り階段に足をかけた。いつもならなんの迷いもなく駆け上がる階段だが、今日は飲み物を持っているからこぼさないようにと慎重になる。そのため必然的に忍び足のようになっていた。

階上から祐雨子の笑い声が聞こえてきた。なんだか楽しそうだ。だが、会話そのものは聞き取れない。多喜次はとっさに立ち止まり耳をそばだてた。

けれどやはり聞き取れなかった。

「な、なに話してるんだろう。仕事のことかな。それとも、プライベートとか」

ごくりとつばを飲み込んで、多喜次は一歩、また一歩と階段を上がる。建物が古いせいで板の軋(きし)みが耳につき、進むたびに心臓が痛くなるくらい緊張する。

「本当ですか⁉」

引き戸の前に立つと、祐雨子の弾むような声が聞こえていた。なにがどう本当なのか、多喜次はそっと引き戸に近づく。

「うん、案内する。だから一緒に出かけよう」

まさか柴倉が祐雨子をデートに誘うだなんて——多喜次は動揺して引き戸を見た。今、祐雨子がどんな表情をしているのか想像するのが怖い。断ってほしい。デートだなんて、二人きりで出かけるなんて、そんなこと。

「ぜひ」

けれど多喜次の願いは届かず、祐雨子は嬉しそうに柴倉の誘いを受けた。

「……嘘、だろ……？」

動揺しすぎて、お盆の上で湯呑みが撥ねた。鼓動が乱れる。慌ててお盆を持ち直し、多喜次はなおも引き戸を見つめる。

祐雨子と柴倉は仲がいい。ずっと一緒にいて、息も合って、お客様にだって、二人は似合いのカップルに見えているようだった。

「ずるい」

柴倉は、ずるい。誰もが認めるイケメンだし、職人としての腕も確かだ。もし自分が祐と同じ立場だったら、娘婿として選ぶのは、職人としてひよっこどころか殻の中から出てもいない多喜次ではなく、片腕として働き店での評判もいい柴倉だろう。

「やっと誘いに乗ってきた」

聞こえてきた柴倉の声に、横っ面を殴られたみたいな衝撃を受けた。震える手で、多喜次はそっと引き戸に手をかける。息を殺して、音をたてないように、細心の注意を払って細く開いた隙間から中を覗き込んだ。

祐雨子と柴倉は向かいあって座っていた。柴倉は嬉しそうに笑っていて、祐雨子は、怒ったような表情で柴倉を睨んでいた。だが、多喜次は見逃さなかった。祐雨子の頬が紅潮していることに。

「柴倉くん、そうやってしょっちゅう女の子をデートに誘ってるんでしょう?」

「あ、デートだって気づいてくれたんだ」

柴倉の笑みが深くなる。ああ、これじゃあ女はイチコロだよな、なんて思えるくらい、男らしさの中に無邪気さが垣間見える無敵の笑顔だった。

「デートじゃありません。お買い物です」

祐雨子がますます赤くなる。

「俺はどっちでもいいけどね」

柴倉は余裕の笑みだ。多喜次はそっと足を引いた。今まではきっと引き戸を開けていただろう。二人のあいだに割り込んで、駄々っ子のように邪魔をしたに違いない。

勝ち目がないと、自覚してしまう前だったなら。

「あ、俺お茶もらってくるよ」

「私が行きます」

「いいって。祐雨子さん、疲れてるだろ。座っててよ」

気の利く男が、立ち上がろうとする祐雨子をスマートに制する。そんな二人のやりとりを見て、多喜次はとっさにお盆を引き戸の横に置き、階段を駆け下りていた。

4

朝、五時。

「うお、ねむっ」

アラームの音で目覚めた多喜次は、両手でわしゃわしゃと髪を乱した。二月の朝は体の芯まで冷え切ってしまうほど寒い。布団の中から出るのすら拷問だ。このまま眠っていられたらどれほど幸せだろう。

多喜次はもぞもぞと寝返りを打ち、溜息とともに足を布団から伸ばし、隣にある塊をつついた。返事の代わりにうなり声が聞こえてきた。

「柴倉、起きろ。バレンタインだぞー、決戦の日だぞ」

「うるさい」

「起きないと簀巻きにするぞ」

脅す多喜次の体も重く、なかなか起き上がれない。一昨日は水曜日だったから学校のあとに書道教室があり、柴倉ばかりにいい格好はさせまいと接客も配達も頑張った。夜は豆の選別に熱中して寝たのは日をまたいでいた。昨日は祐雨子と柴倉の会話を聞いてしまい、なんとか点数稼ぎをしようといっそう仕事に励んだ。ただし、お客様も祐も「今日は気合いが入っているな」程度の評価にとどまった。来週にはまた『月うさぎ』とのコラボの日がやってくる。その前に、フランス語講師であじさいの品種改良に携(たずさ)わったという父の月命日のために和菓子を作りに来る少女につきあって和菓子を作らなければならない。いっぱいいっぱいだ。祐雨子をデートに誘う時間すらない。

一気に眠気が吹き飛んだ多喜次は、むくりと起き上がると電気をつけ、黙々と布団を片づけて寒さに鳥肌を立てつつ着替えをすませた。

隣の布団では、まだ柴倉が眠っている。

「畜生。羨ましくなんてないんだからな！」

多喜次は叫ぶなり柴倉の上にダイブした。布団越しに「ぐえっ」とカエルが潰(つぶ)れたような声が聞こえてきた。

「重い！　なんだよ、お前朝っぱらからっ！」

「俺、先に行くからちゃんと起きろよ」

——今日は決戦日だ。バレンタイン当日。お菓子業界の陰謀に巻き込まれ、甘くほろ苦いお菓子とともに愛を伝える日だ。ローマの王の意に背き、愛する者たちを祝福し続けたウァレンティヌスが処刑された日──つまりはキリスト教の司祭の命日だ。それを祝うのだから酔狂な話だが、いつだったか祐雨子が、バレンタインデーは世界共通で「恋人たちの日」だと教えてくれた。もっとも、チョコレートを贈るのは日本独自の風習で、本を送り合ったりする国もあるらしい。

バレンタインが恋人たちの日だと教えてくれた祐雨子は、果たして誰にチョコレートを渡すのか。その〝答え〟が出るのもまた今日だった。

「ぎ、義理チョコくらいもらえるのかな」

去年もらえたから、今年ももらえる可能性が高い。それとも本命ができたら義理は渡さないのだろうか。

「……俺から渡してもよかったのか……？」

本来は女から男へ一方的にチョコレートを渡すイベントではない。だから多喜次から渡すというのも十分にありだ。

「でもそれウザくね？」

親しい相手がいると知ったうえでの贈り物なんて、きっと祐雨子を困らせるだけだ。

考えれば考えるほど気持ちが沈んでいく。

階段の途中で足を止めて悶々としていた多喜次は、溜息をつくと一階へと下りた。

「おはようございます」

いつも通り、なにごともなかったかのように明るい声を調理場にかける。室内はすでに熱気に包まれていた。

「おう、よく眠れたか？」

さすがの祐も顔に疲れが出ていた。多喜次は曖昧に笑って作業台に近づき、思わず足を止めた。木箱に大量のおひねりが入っていた。バレンタイン期間限定で配っている琥珀糖だ。包装紙自体は白一色とシンプルで、軽くひねって琥珀糖を包むという基本的な形は今までと同じなのに、どことなく上品に見える。

琥珀糖は手があいた者が作るという話だったが、来客が予想以上に多く、途中から完全に記憶から抜け落ちていた。

「――これ、誰が作ったんですか？」

都子だろうか。それとも祐雨子が？　多喜次はしかし、二人がそれほど器用でないことを知っている。かといって、祐でもないだろう。花びらのように先を広げる包装が、祐のそれとも違っていた。

「開けてみろ」

言われて多喜次は一つ手に取る。出てきたのは、淡いグラデーションも美しいハートの琥珀糖と、小さな桜の花びらをかたどった琥珀糖の二つだった。

作るのに時間も場所もいる琥珀糖を、これだけの量を用意したことにも舌を巻くが、その繊細な美しさがなによりも目を惹いた。

「これ、普通に売れると思います」

無料で配るなんて暴挙もはなはだしい――多喜次が驚きを素直に言葉にすると、祐がにやりと笑った。

「同じ食材を使っても、数も質も圧倒的だろ。それがプロの仕事ってもんだ。まったく、もったいねえ話だな」

「おやっさん？」

多喜次が戸惑っていると裏口のドアが開いた。チョコレート色のコートに赤いマフラー、スリムなパンツにブーツという自転車通勤専用の格好の祐雨子がひょこりと顔を覗かせた。

「おはようございます」

「おはようございま……って祐雨子さん⁉　早⁉　まだ六時前だよ⁉」

「今日は忙しくなりそうなので早めに来ました。これ、朝食です。食べられそうなら食べてくださいね」

「え、ごはん⁉」

「お前が作ったのか⁉」

祐雨子の言葉に目を輝かせたのは多喜次で、青くなったのは祐である。

「おにぎりです。具材はお母さんが準備してくれて、梅と鮭（しゃけ）と、高菜、昆布、明太子、ツナマヨネーズ、納豆、オクラ、はずれはチョコです」

多喜次と祐はぎょっとした。

「はずれを作るな、はずれをっ」

「え、チョコってはずれなの⁉」

むしろはずれが一番ほしい多喜次は、祐とは違う意味で反応していた。宣言通り、ナイロンバッグには二口で食べられそうな俵型（たわら）のおにぎりがたくさん入っていた。

「お味噌汁（みそしる）もあります」

ポットを高らかとかかげたあと、祐雨子は着替えるために階段を上がっていった。

おにぎりになにか目印はないかと覗いていると、階上からかすかに話し声が聞こえてきた。柴倉とばったり会ったのだろう。二人の様子を想像すると乱入したくなるので、多喜次はおにぎりを一つ摑んでラップをはずすと口の中に放り込んだ。

「……梅だ」

がっくりと肩が落ちた。

日本の気候に合わせて作られた和菓子は、常温で保存することが鉄則で賞味期限は翌日だ。そのため、バレンタイン前日に買うお客様もたくさんいた。

「一番おいしいのを食べてもらいたくて」

八時になると同時に店に訪れたＯＬがちょっと恥ずかしそうに買っていった。

九時を過ぎると常連客や小さな子どもを連れた主婦がやってきた。お茶菓子用に練り切りを買っていく人も多く、十時を少しすぎた頃には一カ月に一度のペースで訪れる〝どうもくん〟こと堂元勲が顔を出した。

「……バレンタイン、和菓子」

どうもくんの声がいつもより少し硬い気がして多喜次は思わず振り返った。いつも暗色の装いの彼だが、今日もなにもかもが見事に黒い。多喜次の兄も黒を好むが、ともすれば兄は悪の大王のように自信に満ちているのに、どうもくんはまるきり影だ。いつも安定して日が当たっていない気がする。

一瞬、なにか警戒する表情になった祐雨子は、取り繕うように笑みを浮かべた。誰に対しても分け隔てなく接する彼女にしては珍しい反応だった。

「ハートの練り切りは苺あんで食べやすいですよ。ミニ大福の中身はほぼ洋菓子です」

「……バレンタインを、自分で」

疑うように繰り返されるどうもくんの言葉に、祐雨子は力強くうなずいた。

「自分用にバレンタインチョコを買う男性が増えているという話を聞いたことがあります。あ、せっかくのバレンタインですから、私が買ってどうもくんにプレゼントを……」

「いえ、買います。俺が、買います」

祐雨子が懐から小さな財布を取り出すのを見て、どうもくんが慌てて札を出した。

「祐雨子さん、さりげなく一番高いもの買わせてる……!!」

多喜次は驚愕した。そんな多喜次を、どうもくんがちらりと見る。戸惑い顔のどうもくんは、多喜次と視線が合うと狼狽えたように顔を歪めて会釈してきた。

「……お前、あいつになんかした？」

柴倉に訊かれて多喜次は仏頂面になる。どうもくんの接客は基本的に祐雨子の仕事で、多喜次が彼とまともに話したことなどかぞえるほどしかない。

「してねえよ。あ、祐雨子さん、休憩行ってきて。ここは俺と柴倉だけで大丈夫だから」

「でも」

「そうだよ。休めるときに休まないと」

渋る祐雨子は、柴倉の言葉に素直にうなずいた。それを見て多喜次はまた勝手に傷ついて、逃げるように接客へと戻る。数組来客があったあと、意外な人がやってきた。以前、フォーチュンクッキーを買いに来店した女子大生だった。

「いらっしゃいませ、生駒(いこま)さん」

ええっと、名前は、なんて多喜次が考え込んでいる横で、柴倉が全開の営業スマイルを展開させた。生駒京香(きょうか)——片想いの彼は、寡黙(かもく)な〝東(あずま)くん〟だったはずだ。さりげなく〝東くん〟に告白し、そのうえ彼の家族にも好印象を持ってもらいたいと和菓子でアピールしようと訪れたんだった。多喜次はポンと手を打った。

「その節はお世話になりました！」

相変わらずのテンションの高さに多喜次はちょっとほっとした。

「あれから進展は」

「はい、ありません！」

ええっと、多喜次は思わず声をあげる。東くんは確実に京香に好意を持っているはずで、きっかけさえあれば両想いになれると思っていたのに。

「でも、あの、ときどき一緒に和菓子屋巡りをして、ちょっと仲良くなったんです。電車で通える和菓子屋さんはほとんど網羅したんです……!!」

「……それは、普通に、デートなんじゃ……」

認識が違うのだろうか。それとも、京香にとって和菓子を食べて帰るだけの外出はデートにカウントされないのか。東くんはデートと認識して彼女を誘っていると確信する多喜次はますます困惑した。

「じゃあ、もうあとは告白だけですね」

柴倉が断言すると、京香は真っ赤になってもじもじした。

「昼の講義で会うから、渡そうかなって。でも断られたらどうしよう。和菓子が好きで、和菓子を一緒に食べられる女子としてしか見てくれてないのに浮かれた私が勝手に盛り上がってバレンタインなんておこがましい……!!」

「はい、『ハッピーバレンタイン』お一つお持ち帰りでー」

会心の笑みで柴倉がオーダーを入れる。多喜次も素直にそれにのった。

「お包みしますねー」

「でもでもでも!」

「お会計入りますねー」

強制的にレジまで連行すると、京香はあっさりと財布を開いた。買う気はあるし渡したいが、迷いがあって行動に移せない。だが、後押しがあれば次に進むことができる。

「和菓子は作りたてが一番おいしいので、ぜひ本日中にお召し上がりください」

「ありがとうございました。頑張ってください」

「が、頑張ってきます……!!」

あとには引けないと覚悟したのか、京香は涙目で紙袋を抱きしめて店を出ていった。

「すごい連係プレーですね」

手をふる多喜次たちに、祐雨子の呆れ声がかかった。はっと振り向くと、調理場から祐雨子が顔を出していた。いつもより早めに休憩を切り上げて戻ってきたらしい。

「タキも休憩入ってこいよ」

「え……いいや、俺は、今日は、いいよ。柴倉、行ってこいよ」

祐雨子と柴倉が二人きりになるのは避けたかった。狭量とは思いつつ、多喜次は悪あがきをする。学校を休んでまで店に入っているのには、下らなくも切実な理由があった。

「じゃ、休憩入ります」

余裕があるのか、柴倉はあっさりと二階に上がっていってしまった。これで柴倉は三十分は下りてこない。祐雨子と二人だけ——そう思うとますます緊張してどんな話題をふっていいのかわからなくなった。だが、沈黙に息苦しさを感じる暇はなかった。すぐに雪宮蓮香の母が来店したのだ。

「ごめんなさいね。通販で牛乳アレルギーがあっても食べられるチョコレートを買う予定だったのに、こちらでバレンタイン専用の和菓子が出るって知ったら、どうしても食べたいって言い出してきかないの。本当は牛乳とか使ってるんでしょう?」

「蓮香ちゃんと旦那さん用に特製のものをご用意しました」

練り切りは祐が作ったが、大福はアレルゲンを抜いて多喜次が作った。だから多喜次の声も自然と弾む。

「和菓子嫌いっていってあんなに言ってた子なのに、もうすっかりファンになっちゃって」

「未来の大口顧客様ですね!」

祐雨子の一言に、蓮香の母は「大口になれるかはわからないけど」と笑った。

蓮香の母が会計をしているときに賑やかな集団がやってきた。

「今年のバレンタイン用のお菓子がおいしいって聞いたのよ!」

「お父さんが、チョコより和菓子が食べたいって言い出したから来ちゃったわ」

「うちなんてこっそり食べてたらバレちゃったのよ! ずるいって拗ねちゃって大変」

犬のママさんたちである。あっという間にショーケースの前が人で埋まる。

「私、三つね! 三つ買ってね!」

引き戸越しに叫ぶのは、店内に入れない愛犬たちの手綱を握って外で待機している犬のママさん仲間だ。

「あら、柴倉くんは？　お休み？」

「休憩中です。もうすぐ休憩が終わるので……」

相変わらず柴倉はモテモテだ。炸裂する営業トークを聞けなくて犬のママさんたちはがっかりしたようだった。だが、楽しみは次に取っておくと宣言し、次々と和菓子を買っていく。そんな中、おっかなびっくり店に入ってきた痩せた女がいた。以前は病的に細かったが今は〝細身〟という程度に健康的になった女性――元ハードクレーマー白木穂摘だ。

「お待たせしました」

犬のママさんたちが店を出たあと声をかけると、ようやくショーケースの前に移動してきた。顔色がいいことに、多喜次は内心でほっとする。

「ブログで、バレンタイン用の和菓子が出てるって書いてあって、気になって」

「はい。一つが小さめに作ってあるので食べやすいですよ。味にも自信があります。ぜひご賞味ください」

祐雨子が断言してくれる。リピーターの数を見れば評判がいいのはわかるが、こうしてはっきりと言葉にしてもらえると嬉しかった。ここしばらく自分の感情に振り回されている多喜次には、彼女の言葉はなおさら胸に染みた。

和菓子と同じように自分も受け入れてもらえたら、そんな強欲な感情に多喜次は慌てて蓋をする。京香を強引に送り出しておいて、ひどいざまだと思う。一年前、思いの丈をぶつけるように祐雨子にプロポーズした。そして答えがもらえなかった今はもう、その沈黙が祐雨子の気持ちを代弁している気がして不安でたまらないのだ。

穂摘は『ハッピーバレンタイン』を一つ買って、大切そうに胸に抱いた。

「やっと、ここまで来た」

こぼれた言葉は彼女の本心。彼女が食レポを書くブログには、『つつじ和菓子本舗』の項目がある。そこにはじめてレビューが載るのだ。

「またお越しください」

多喜次の言葉に穂摘は目を見張り、すぐに笑顔になった。穂摘が店を出たあと、祐雨子が嬉しそうに笑みを浮かべた。

「元気そうでよかったですね」

「……うん」

みんな前に進んでいる。そんな中で多喜次だけが同じ場所に立ち尽くしていた。

それからも慌ただしくお客様が来て、柴倉が下りてくる頃には一段落ついた。

五時半をすぎた頃、和菓子店に颯爽と美女が現れた。華坂亜麻里だ。

「まだ限定の和菓子残ってる⁉」

祐雨子は目を見張り、すぐに笑顔になった。

「亜麻里ちゃん、いらっしゃいませ。まだありますよ」

「よかった……‼　終業と同時に会社飛び出してタクシー乗ってきたのよ！」

「お、お取り置きしておけばよかったですね」

「あー、その手があったか。あ、多喜次くん、こんばんは。このあと、少しいい？」

唐突に尋ねられ、多喜次はきょとんとした。幸い、店にいるのは亜麻里の他に中年の男性客が一人だけ。帰宅ラッシュに突入する前なら少しくらいはずしても問題ないだろう。

そう判断したとき、タイミングの悪いことに引き戸に人影が映った。しかもかなりの人数だ。

日を改めてもらおう。そう考えて口を開いた多喜次は、「あっ」と声をあげていた。

「ちーっす。タキ、頑張ってるか？　差し入れ持ってきてやったぞ」

同じ調理師専門学校に通う学友が、コンビニの袋から栄養ドリンクを取り出しつつ店に入ってきた。将来は四川料理の店を出したいとバイトに励みつつ学校に通っている二十代後半の学友だ。多喜次は苦笑を返した。

「いらっしゃいませ。……差し入れのチョイスがそれって」

「最近、疲れてるみたいだったから」

続いてぞろぞろと入ってきた学友たちは、興味深そうに店内を見回しはじめた。

「すげえ。俺、和菓子屋はじめて入ったかも」

「なんとなく入りづらいよね、和菓子屋さんって。あたしもかぞえるほどしかないよ」

「ねえ、タキくんの考案した和菓子ってどれ？」

「あ、僕も後学のために買いたいんだけど」

「お茶券買えばお茶が飲めるらしいから、いくつか買ってみんなで食べようよ。淀川くん、いい？」

みんながいっせいに話し出し、多喜次は気圧されながらもうなずいた。

「いいけど、何人？」

「九人」

「淀川が休んでて、心配してたら見舞いに行こうって話になって、人が集まっちゃったんだよね」

「バカ、タキが風邪ひくわけないだろ。典型的な〝子どもは風の子〟タイプじゃねえか」

「だよなー」

言いたい放題だ。

「ひでーな。まあ、風邪なんてひいたことないけどさ」

風邪なんて、園児だった頃以来だ。ふて腐れていると亜麻里がくすくすと笑い出した。

「楽しそうね」

男たちがはっとしたように息を呑むのがわかった。彼女の美しさに気づいて盗み見していた者たちも、声をかけられたことで不躾なほど亜麻里を凝視しはじめた。

「ちょ、この美女誰⁉」

「一緒にお茶でもどうですか⁉」

鼻息を荒くして身を乗り出す男たちに亜麻里はまんざらでもなさそうだ。慌てたのは多喜次である。

「バカ。なに誘ってるんだ。この人は――」

「いいわよ、奢ってあげる。好きなのを注文して」

「あざーっす！」

「え、いいんですか⁉　迷っちゃうなあ」

一気にテンションを上げる学友に多喜次はさらに慌てた。亜麻里は祐雨子の友人だ。悪い印象を持たれたくなかった。

「お前ら、ずうずうしいぞ！　亜麻里さんいいですよ、気を遣わなくても。こいつら食材だって言えば、そこら辺に生えてる草だって食うんだから！」

「なに言ってるんだ、無差別に食わねえよ。ちゃんと厳選してる」

「食うのかよ」

反射的に多喜次が突っ込むと、亜麻里がことんと首をかしげる。豊かな髪が波打って、それだけで絵になった。

「たまには奢らせてよ。私、楽しい子たちは大好きよ」

これぞ大人の貫禄だ。ピンスポットがあったなら、きっと彼女だけを照らしていただろう。大輪の薔薇を思わせるゴージャスな笑みに学友たちは瞬く間に骨抜きになった。女子までうっとりさせてしまうのが亜麻里のすごいところかもしれない。着物を着るともっとすごいんだぞ、と、多喜次はこっそり心の中で続けた。

「やばい。お姉様、俺のことは犬と呼んでください！」

「駄犬！」

「クズ犬!!」

「ちげーよ！　お前らには頼んでねーよ！」

すっかり学校にいるときのノリだ。会計をすませた中年男性が「元気だねえ」と、苦笑いして商品を受け取った。

「駄犬にはスリッパで十分よね。あ、オーダーお願いしまーす」

キリリと言い放つ女子に、多喜次は額を押さえて亜麻里を見た。

「本当にいいんですか？」

「私もちょうど喉が渇いていたの。みんなと一緒にお茶を飲んだほうが楽しいわ」

現金な学友たちは、和菓子を一人一個ずつ注文したうえ、『ハッピーバレンタイン』を七つにお茶券を人数分注文した。限定和菓子をひかえめに注文したところをみると多少は遠慮したらしいが、それにしても初対面の相手に奢らせる量ではない。

「私もお茶券と『ハッピーバレンタイン』を」

「……かしこまりました。少々お待ちください」

多喜次が亜麻里を見ると、彼女は「気にしないで」と言いたげにうなずいた。和菓子屋に来て一万円以上の出費――これ以上ごねるのは亜麻里の迷惑になると引き下がった多喜次は、明日学校に行ったら一人ずつ絞めようと心に誓ってレジをすませた。

祐雨子と柴倉が手分けして和菓子を詰めてくれる。流れ作業ともいえるほどの手際のよさに、多喜次はかすかに肩をすぼめた。会計を柴倉に頼めばよかった。いや、この場合は友人である祐雨子が亜麻里と話すべきだったのではないか。そんなことを思ったが、祐雨子とは一切視線が合わず、避けられている気がしてきた。

義理チョコも絶望的かもしれない。

きっと彼女を怒らせるようなことをしてしまったのだ。記憶にないが、そうに違いない。どうして怒っているかを尋ねるのが地雷なのだということだけは、恋に悩む友人たちの話から知っていた。だからよけいに八方塞がりになっていく。

和菓子の入った紙袋を手渡した多喜次は、改めてその多さにわれに返った。

お茶券の発行は和菓子屋だが、お茶が飲めるのは鍵屋だ。お茶は、鍵師見習いであり未来の義姉である兄の婚約者の遠野こずえが、一杯五十円という安価で出してくれている。いくらメニューがお茶だけで、四テーブル四席、合計十六席だったとしても、この人数が一度に押しかけるのは負担になるに違いない。

「俺、お茶出し手伝ってきていい？」

祐雨子に声をかけると同じことを考えていたのか彼女は快諾してくれた。

「亜麻里さん、どうぞ」

図太い友人たちを押しのけて多喜次は亜麻里をエスコートした。すると、亜麻里は嬉しそうにくっついてきた。

「お隣って？　お茶はここじゃ飲めないの？」

「昔は飲めたみたいですけど、今は隣の鍵屋で出すようにしてるんです」

亜麻里の問いに多喜次がうなずく。外へ出た彼女は、街灯に照らされる看板を見て眉をひそめた。

「そういえば貼り紙に書いてあったわね。……鍵屋って、淀川って……」

「兄の店です」

多喜次は答えて引き戸を開ける。

シュンシュンと音をたてるヤカンがのっているのは灯油式のストーブだ。古びた店内にある棚には大量の鍵が並び、ちょっとした博物館並みだった。

そんなミニ博物館にいるのは鍵師見習いのこずえだ。畑は違えど多喜次同様、高校を卒業してから本格的に修業する同志である。そんな彼女は来客がないときは店の棚に所狭しと置かれた鍵で解錠の練習をするのが常だった。だが今日は、解錠の練習ではなくノートを書いていた。しかもタイムテーブルだ。小学校の頃、夏休みに書かされた覚えがあるやつだ。びっしりと書き込まれた字に仰天していると、こずえが顔を上げた。

「いらっしゃいませ」

多喜次の後ろに大勢の人がいるのを見ると、こずえはノートを閉じて立ち上がった。膝から赤い首輪の白猫が軽やかに下りる。鍵屋の看板猫の雪だ。本領発揮といわんばかりにかわいらしく鳴きながら歩いてくる。

「猫！　美猫‼　レトロな内装ににゃんこちゃんー‼　おいで、こっちおいでっ」

どうやら学友の中に猫好きが交じっていたらしい。変な悲鳴が聞こえてきた。柔らかいだのマシュマロみたいだのと言われつつ、雪が抱っこされてご機嫌になっている。店に来る人はみんな自分に会いに来ているのだと確信しているに違いない。

「こずえ、悪い。十人なんだけど用意できるか？」

お茶券を渡すとこずえは「大丈夫」とうなずき「お好きな席におかけください」と声をかけるとノートを手に台所に向かい、見事な光沢を放つ髪を手早く一つにまとめる。

「ずっと縛っておいたほうが楽じゃないか？」

「寒いからやだ」

顔を赤らめるこずえに多喜次は首をかしげた。きっと兄がなにかやらかしたのだろう。問い詰めるのも野暮なので、食器棚から湯呑みを出しながら質問を変える。

「さっきのタイムテーブルって、なんで書いてるの？」

「嘉文さんが」

「あ、兄ちゃんのこと名前で呼ぶようになったんだ」

「だって、呼ばないと！　呼ばないと……‼」

ぶわっとこずえが首筋まで赤くなった。ああ、これは相当なスパルタで慣らしてるんだなあと多喜次はぬるく笑う。兄は毎日エンジョイしているらしい。羨ましくなんてない、羨ましくなんてないと、多喜次はいつもの呪文を心の中で繰り返した。

「で、さっきのタイムテーブルって？」

「嘉文さんが書けって。できるだけ細かく一分刻みで書きまくれって、もう二カ月」

「なにそれ拘束プレイ？」

極度の鍵好きの兄はややマニアックなところがある。お湯を沸かしつつ当惑するこずえを見て、「緊縛かあ」と続けると彼女は青くなった。まさか、こずえの浮気を疑っているのだろうか。顔立ちは整っているし、すらりとしたモデル体型だからモテるだろうが、残念ながら店に来るのは主婦層、あるいは中高年が中心だ。そうなると娘や孫に接するような扱いになっているはずで、兄が心配する要素は欠片もない。

あるとしたら柴倉の存在だが、柴倉はどうやら全身黒ずくめで長身、しかも基本は無愛想という兄を警戒しているので、その婚約者にちょっかいをかけるとは思えない。なにより柴倉が好意を抱いているのは祐雨子だ。

「あ、しまった……‼」

店では祐雨子と柴倉が二人きり。今さらながら失態に気づき、多喜次はくずおれた。

「もうだめ。俺だめ。敵に塩送りまくって退路ゼロ」

「タキ?」

「な、なんでもありません」

　自分の迂闊さにとどめを刺された気分だ。早くお茶を出して店に戻ろうと、立ち上がるなりテキパキとお盆を準備した。店内では学友たちが呑気に和菓子の品評会をしている。お茶が待ちきれないのか、すでに食べている者、追加を買いに行く者すらいた。

「着色って食紅だっけ? このグラデーションってどうやって出すんだろう」

「うちで食べた和菓子って葬式まんじゅうばっかりだったなあ。練り切りってやつももらったことあるけど、こし餡がめちゃくちゃ甘くて好きじゃなかった」

「ここのって甘さひかえめだよね。この柚あんなんてさっぱりしてるし」

「え、半分くれ、半分!」

「全種類買って四等分にして食い比べてみるか。三つずつ買ってくれれば足りるな」

「すみませーん。お茶濃いめでお願いしまーす!」

　好奇心が強いのはいいことだが人使いが荒すぎる。驚くこずえに「悪い」と謝罪し、茶葉を追加した。さっさと茶を出してさっさと店に帰ろうと思ったが、きりのいいところで追い出さないとこずえにまで迷惑がかかりそうだ。熱湯はいったん湯呑みに入れ、適度に温度が下がったところで急須へと移す。豊かな茶葉の香りにふっと肩の力を抜いた多喜次は、陶磁器にそそがれていく鶯色のお茶に目を細めた。ペットボトルのお茶を飲み慣れているが、一杯一杯丁寧に淹れられた日本茶は格別だ。独特の甘味は舌に溶け、喉も心も潤してくれる。

「――あいつらに出すのもったいない」

「お茶ー、お茶まだー?」

少しだけ長めに蒸らしたお茶を渋々と運ぶと、ハイエナのように瞬く間に奪われてしまった。残った一つを亜麻里の前に置く。

「本当すみません、落ち着きがなくて」

「全然気にしてないわ。今日は私、多喜次くんに会いにきたの。だから満足」

どうとらえていいかわからない言葉に多喜次は返答に窮した。祐雨子はわりとスキンシップが好きだったから、彼女の友人ならこのくらいの言葉遊びは日常なのかもしれない。

一人そう納得するが、学友たちはすっかり勘違いしたらしくニヤニヤと笑っている。

なんとなくいやな空気だ。

「えっと……それじゃ、ごゆっくり」

「待って、多喜次くん」

亜麻里の呼び声が少し甘さを含んだものに変わった。多喜次は足を止め、彼女を見おろす。きれいに手入れされた指がバッグをさぐり、小さな箱を摑んだのが見えた。

「亜麻里さん?」

呼び声が緊張でかすれていた。もしかしたら、という動揺と奇妙な高揚に、多喜次は激しく狼狽えていた。何度も何度も遊びに行こうと誘われ、それを忙しいと断った。本当に忙しかったたし、二人きりで出かけるのは祐雨子を裏切っているようでできなかった。つきあってもいないのにずいぶんと自惚れた発想だと今ならそう思う。いつからだったか、亜麻里からの連絡がパタリと途絶えた。安堵した彼は、心のどこかでがっかりしている自分に気がついた。だが、そんな感情は日々の忙しさに吞み込まれ、すっかり忘れていた。

そして、二月十四日、亜麻里は再び多喜次のもとに訪れた。

混乱する一方で、期待もしていた。

もしかしたら、好意を抱いてくれているのではないかと。

にもかかわらず、彼女が次の行動に出るのを見て狼狽えている。

多喜次は硬直したまま亜麻里の手元を見る。早鐘をつく心臓が、皆にバレているのではないかと思うほどうるさい。

「ただいま」

その沈黙を破ったのは、裏口から台所に入ってきた兄、淀川嘉文だった。外の寒さに肩をすぼめていた兄は、店内を覗き込むとわずかに眉をひそめた。初見では誰もが警戒するほどの無愛想さで形ばかりの会釈をする。緊迫した空気が店主の帰宅に少しだけほぐれた。

さっさと退散しようとした兄が、なにか考えるような仕草をしてからもう一度店内を見た。じっと亜麻里を凝視して首をひねる。

「華坂よ！　華坂亜麻里！」

「——ああ、華坂か。見違えた」

「そっちは相変わらずそうで。婚約したんだって？　おめでとうって言っておくわ」

「どうも」

二人のやりとりに多喜次はきょとんとする。

「兄ちゃん、亜麻里さんのこと知ってるの？」

「ああ。一緒に鍵ミュージアムに行ったことがある」

あっさりと返ってきた兄の言葉、その内容に多喜次は目を見張った。兄が、愛してやまない鍵ミュージアムに女性を連れていった。

それはつまり——。

「二人ってつきあってたの⁉」

「つきあってないわ。病的な鍵オタクって噂聞いて気になって一回だけ一緒に遊びに行っただけ。私より鍵に夢中で四時間も動かないとかあり得ないでしょ⁉　顔面偏差値が高くても中身がマイナス振り切ってたら会話成立しないのよ——って、ごめんなさい」

叫んだ亜麻里はこずえを見て口を押さえた。しかし、こずえはデートという単語よりも別の点に反応していた。

「淀川さん、あの鍵買い取ったら？」

「あれはガラスケースに入ってるところがロマンなんだ」

ダメダメな人たちの会話だ。変なやりとりに呆れていると、兄の目がすうっと据わった。と、同時に、こずえがなにかに気づいたように小さく声をあげ、するすると台所の奥に逃げていった。追っていく兄の楽しげな様子を見て多喜次は口元を引きつらせた。

名前を呼ばないとお仕置き。

当分は趣味を兼ねたお仕置きが続きそうだ。

「多喜次くんのお兄さんって格好いいね！」

亜麻里のときは男子が盛り上がっていたが、今度は女子が盛り上がっている。「まあな」と多喜次は適当にうなずいた。

店内の空気は兄の登場でずいぶん変わった。

そのことに多喜次はほっとしていた。

「質問いいですか！」

盛り上がる女子が挙手した。

「タキくんの想い人って華坂さんですか⁉」

いきなりの質問に、多喜次は思わず女子を睨む。

「は⁉　な、なに言い出すんだよ⁉」

「え、だってタキくん、年上の女性が好きって言ってたじゃない。華坂さんですよね？」

「やめろって！　変なこと言うなよ。亜麻里さん迷惑してるだろ！」

学校では料理の話と同様に恋バナも多い。どんな女性がタイプなのかと聞かれたことが多喜次にもあった。そのときどう答えたかなんてすっかり忘れていたから、いきなりの質問にしどろもどろになってしまった。

「別に迷惑じゃないわよ」

年上の女性の頼もしさすら感じる表情で亜麻里が微笑む。彼女が不快に思っていないとわかって多喜次はほっと息をついた。

「はい、多喜次くん」

亜麻里は多喜次に赤いリボンのかかったダークブラウンの小箱を差し出す。シックで大人びていて、それを手にしている亜麻里と同じように上品だった。学友たちがざわつくのを肌身で感じつつ、多喜次は小箱を凝視した。

二月十四日はバレンタインデー。

日本での一般的な認識は、好きな人にチョコレートを渡す日、だ。

「手作りってはじめてなの」

亜麻里は特別なものであることを強調し、多喜次にチョコレートを渡した。

第二章

ホワイトデー騒乱

1

「……まあまあだね」

黙々と〝寿〟を書き続けていたら、いきなり背後から低く艶っぽい声が聞こえてきた。多喜次は「ひっ」と声をあげ、取り落としかけた筆を両手で摑んだ。紙の上に、小さな黒い点が無数に散った。

肩越しに半紙を覗き込んできたのは榊真吾である。高齢のご婦人方に大人気という大人の色香ダダ漏れの櫻庭神社の宮司は、過剰な反応の多喜次を冷ややかに見おろした。

「なんだい?」

「な、なんでもありません」

そっと目をそらす。百戦錬磨に違いない彼ならきっと、異性のことでこんなに悩んだりはしないだろう。いつも数人の熟女を侍らせるようにして店に訪れる彼は、自分を取り合うご婦人方を当然のように受け入れて、ときにはたしなめてさえいるのだから。

新しい半紙を用意する多喜次を見て、なにを思ったのか榊がつつっと耳元に唇を寄せてささやいてきた。

「最近、つつじ屋の娘と虎屋の跡取りの仲がいいそうじゃないか」

反射的に振り返ると、榊は絶妙のタイミングで多喜次から離れた。同じ職場で働く仲間同士、仲がいいのは当たり前だ。多喜次だって、祐雨子はもちろんのこと、柴倉ともうまくつきあっている。そう返したかったが、榊が言いたいのがそんなことでないのはわかっていたのでなにも言い返せなかった。

——バレンタインに、多喜次は祐雨子からチョコレートをもらえなかった。

その代わりというわけではないが、祐雨子の友人である華坂亜麻里から手作りチョコをもらってしまった。あれは一体どういう意味なのだろう。言葉通り、一般的な認識通り、恋愛対象として「好き」という意味に受け取っていいのだろうか。それとも手の込んだ義理チョコか。だが、それなら柴倉にも渡したはずで、多喜次だけ受け取るのは不自然だ。

もしかして、からかわれているのではないのか。

「榊さん、恋愛指南お願いします！」

両手を摑んで前のめりで頼むと、榊は上体をのけぞらせつつ多喜次をよけた。子どもたちが振り返り、なんだなんだと好奇心の塊のような視線を投げてくる。

「自分に指南受けられるほどの基礎があると思ってるのかい」

「卵以下……‼」

和菓子職人として卵から出ていないのなら、恋愛は箸にも棒にもかからない状態らしい。愕然としていると、

「タキ、フラれたのか⁉」

男子児童が遠慮なく傷口に塩を塗り込んできた。

「まだフラれてない！」

「じゃあフラれそうなのか⁉　俺慰めてやろうか⁉」

ありがたいが嬉しくない申し出に、自分の魅力のなさを突きつけられた気がした。

「タキくんフラれてかわいそう」

「俺たちタキのこと好きだからな？　落ち込むなよ？」

「ええ、待って。俺フラれたの？」

確かに最近、ますます祐雨子との距離を感じていた。避けられているかも、という疑惑はすでに確信に変わっていた。豆の選別をしていても以前のように寄ってこないし、なにか困ったことがあると必ず柴倉に助けてもらっているのだ。

なにより柴倉は、祐雨子から手作りチョコをもらっていた。決定打だった。

「子どもの口車に乗せられるんじゃないよ。まったく、つつじ屋の新人は精神年齢が小学生並みだね」

榊は傷口に塗られた塩をすり込む趣味があるらしい。

「ほら、しゃべってないで手を動かしな。覚えるのは〝寿〟だけじゃないんだよ」

「ほ、他の字の手本もお願いします」

満身創痍の多喜次が頼むと、榊が呆れながら溜息をついた。そもそも話を振ってきたのは彼なのに、なぜだか多喜次が責められるような形になっているのが納得いかない。

亜麻里の話になると、学校で知り合った男子の大半に羨まれた。今フリーなら断る必要はないというのが彼らの共通認識で、「贅沢者は童貞の呪いをかけるぞ」と空恐ろしいことを言われたり、「愛するより愛されるほうが幸せになれるのよ」なんてしみじみ言う女子もいた。もちろん、多喜次の長い片想いを知って初志貫徹を切望する人間もいて、退屈する学生たちにいいネタにされているようだった。

バレンタインの答えはホワイトデーに返さなければならない。それもまた、多喜次を悩ませていた。

多喜次は榊が新たに書き起こした手本を見ながら静かに息をついた。

バレンタインを境に、ギスギスした店内の空気がますますギスギスしはじめた。

柴倉はその原因が祐雨子だと考えていた。

「……意味わからん」

祐雨子が手作りしてくれたトリュフを口の中に放り込んで首をかしげる。壊滅的な料理センスを持つ彼女が作ったものは壊滅的な味がするのだが、どうやら限定した食材で正しい手順にのっとって作られたらしく、トリュフは普通においしかった。

「羨ましくなんてないんだからなー!!」

町内で作られる会報を見つつビターなチョコを賞味していたら、多喜次が泣きながら一階に駆け下りていった。どうやら彼は、祐雨子からチョコレートを受け取れなかったようだ。渡し損ねたのか、はたまた準備をしていなかったのか——祐雨子の性格なら前者の可能性が高いのだが、真相は謎のままだ。

ただ、亜麻里と多喜次の学友が押しかけてきたバレンタインの当日、鍵師の弟子と和菓子職人見習いの二人だけでは大変だろうと鍵屋に向かってから、祐雨子の態度が明らかにおかしくなっていた。

お茶出しを手伝うと言っていたのに手伝わなかったようだし、鍵屋から戻ってきた亜麻里にもどこかぎこちない態度だった。多喜次にいたってはあからさまに避けていた。さすがに不憫に思ったが、慰めるとよけいに傷つくらしく、静観している状況である。

「……これって俺が有利ってことなのか？」

しかし、いまいち実感がない。敷いた布団に寝転がり、うなり声をあげて時計を見る。九時を回っている。就寝時間まで少し間がある。柴倉は起き上がるとヒーターを切り、上着を羽織ると寒さに震えながら一階に下りた。多喜次はあまった練り切りで成形の練習をしていた。以前は粘土を使っていたけれど、それではコツが摑めないと、祐が使う許可を出したのだ。

祐は多喜次を職人として育てようとしている。いじけたって落ち込んでいたって、師匠の意思なんてまったく気づいていなくったって、多喜次は黙々とそれをこなしていく。

「……本当、やなやつ」

柴倉は肩を落として突っかけを履いた。

「和菓子ケーキの案、もう出てるのか？　手伝ってやろうか？」

声をかけると多喜次はびくりと体を揺らした。

「柴倉がいいやつすぎてムカつく」

「ひどい言い草だな」

そう返してみたが腹は立たなかった。多喜次の顔色が不満を吹き飛ばすほど悪かったためだ。無理をしているのが見え見えだ。どうやら学友たちが心配していろいろと手助けしているらしいが、それでは補えないくらい多喜次が無理をしているのだろう。

「三月だから桜とかチューリップか。ひな祭りもあるよな。店に出してるのとデザインがかぶらないようにして……」

「それ考えたんだけど面白みがないんだよなあ」

「……客は面白さより見た目と味を望んでると思うけど」

「味って言うと……苺とか、ミカンとか？」

多喜次の手つきから果物の形を再現するつもりなのだとわかる。リンゴや桃を丸々使ったデザートはあるが、多喜次の仕草を見ると和菓子の成形だった。

「和菓子なら楽勝だけど洋菓子は無理だ。ミニケーキにして、フルーツのせたほうがいい」

「無難すぎる」

「だから奇抜さは求めてないんだって。ミカン味の餡ってできるんだっけ？」

「おやっさんに聞いてみるか。でもミカンあんなんてどうするんだ？」

「タルト風とか、見た目変わってるようにすればいいだろ」

ショートケーキよりもインパクトが強い。つや出しに寒天を使えばかなりそれっぽくなるだろう。そこまで考え、楽しいと感じはじめている自分に気がついた。

柴倉が生まれ育った『虎屋』では、昔ながらの和菓子の味を守るために腐心していた。

意匠だって、『つつじ和菓子本舗』のようにバラエティーにとんでいるわけではなく、味も見た目もずっと変わらない。もちろん、そうした努力は必要だ。失ったものを復活させる労力は柴倉も理解している。けれど、ただ守っていくだけでは息が詰まる。

「タルト風か。じゃあデザインはこんな感じかな」

多喜次は紙にペンを走らせる。次々と案が出せる柔軟性は、学校で学んだ成果なのかもしれない。それはきっと『つつじ和菓子本舗』で必要な能力だ。

多喜次は技術がある柴倉を羨んでいる。一方の柴倉は、多喜次の柔軟性を羨ましく思っていた。

柴倉と多喜次は相反する。職人としても、たぶん、人としても。

「柴倉、ホワイトデーの案ってもう出した？」

「祐さんに渡してある」

「え……マジかよ⁉　俺まだ全然できてない……‼」

毎日忙しくしている多喜次にそんな時間がないことなど誰にだってわかる。だが、当の本人はまったく気づいていないようで青ざめていた。

「もう時間ないぞ」

「わかってる。ホワイトデーだろ？　マシュマロ、じゃだめだよな。練り切りで白いハート作ればいいのか?」

多喜次が再びペンを動かす。ホワイトデーはバレンタインより注目度が低く、店でも三月十四日を含めて四日間のみの発売になっていた。

「手伝ってやろうか?」

「大丈夫。——ホワイトデーも、またたくさん売れるといいな」

あんなに忙しいのはさすがに体力がもたない。だが、薄暗い店の中で来もしない客のために和菓子を作り続けた父を思うと、この忙しさすら幸せなことなのだと思えた。

翌日、学校から帰ってきた多喜次は、昨日よりさらに悪い顔色をしつつもホワイトデーのデザイン案を祐に渡していた。

「た……多喜次くん、どうしたんでしょう。柴倉くん、なにか聞いてません?」

椅子(いす)に腰かけ豆の選別をしていると、祐雨子が隣にやってきてこっそりと尋ねてきた。肩がぶつかるのも構わずに豆の選別を手伝いはじめる罪作りな人に柴倉は小さく息をつく。

「俺が思うに」と小声で前置きをすると、なにか重大な告白があると思ったのかますます肩を寄せてきた。

「単に疲れてるだけかと」

耳元に直接ささやきかけると祐雨子は赤くなって柴倉を睨(にら)んだ。

「普通に言っていただければわかります」

「俺、口説いてる真っ最中だから普通になんて言えな……」

祐雨子がさっと柴倉の口を両手でふさぎ、多喜次の様子をうかがった。彼は祐雨子たちに背を向け夢中で窓を磨いていて、柴倉たちのことなど眼中にないようだった。

「こういうところでそういう発言は禁止です」

「他のところでならいいの？　そうだ、今度のデートだけど」

口をふさぐ両手にぐいぐいと力がこもる。祐雨子の反応がおかしくて柴倉は笑った。

祐雨子はもともとそれほど恋愛に興味のない人間なのだろう。そしてたぶん、柴倉のようなタイプに好意を持たれたことがないに違いない。だから困惑している。その様子がかわいらしくて、年上というのも忘れてしまいそうなほどだった。

このままもう少しこのやりとりを楽しもうと思ったら、残念なことに祐雨子が立ち上がってしまった。

「いらっしゃいませ」

多喜次の声に顔を上げると、犬を介（かい）して友だちになった〝犬のママさん〟たちがぞろぞろと店に入ってきた。犬種や犬の名前で呼び合うので本名がわからない人も多い。

「ほらここよ、ボブちゃんのママさん！　バレンタインの和菓子がおいしかったお店！

普通に置いてある和菓子も毎月替わってるのよ！」

トイプードルのママさんが鼻息荒く宣言し、新顔らしいぽっちゃりふくよかな中年の女性を店内に案内する。外には一人、リードを握りつつ犬たちをあやす女性がいた。

「どれもおすすめなのよ！」

ラブラドール・レトリバーのママさんがいつも以上に熱の籠もった声で訴えた。

引き戸が閉まる瞬間、どっしりとした中型犬が見えた。体毛は短く、全身筋肉におおわれているムキムキの犬――闘犬としても有名なピットブルだ。ちぎれんばかりにしっぽをふっていた。どうやらあの犬が〝ボブちゃん〟らしい。

「お茶券を買えば隣でお茶が飲めるし……」

「申し訳ありません。本日はお茶券の販売をお休みさせていただいています」

お茶券の販売は隣店に鍵師見習いがいるとき限定だ。多喜次の言葉に、七人からなる集団は「あらそうなの」「最近、ずっと開店してたから今日もやってると思ってたわ」と溜息交じりに返してきた。

「お隣には真っ白な猫ちゃんがいて、すごくかわいくて人懐っこいのよ」

「犬も怖がらないのよね」

「あれは接客のプロだわ」

口々に残念がりながら、なぜか多喜次をチラチラと見ている。お客様にまで体調不良を疑われているらしい。

「あ、多喜次くんって犬好き？　ボブちゃんね、ピットブルなの。闘犬なのよ」

レトリバーのママさんが熱く語り出す。

「――闘犬って、土佐犬みたいな？」

「土佐犬より強いの！　頭がよくて、言いつけを守るすごくいい子なのよ！　ね、ボブちゃんのママさん！」

「え、ええ。ずっと憧れてた犬種で、ブリーダーさんと相談して、やっとお迎えした子なんです。ボブちゃんのおかげで十キロも痩せることができて」

「運動量がすごいのよね。どのくらい散歩するんだっけ？」

今度は別の女性がピットブルのママさんに尋ねた。

「うちは三時間くらい」

「すごいわよねー。ね、見てみない？　祐雨子ちゃんと柴倉くんもどう？」

珍しいお誘いだ。ここで断ったら角が立つと思ったのか、多喜次は素直に引き戸に向かう。祐雨子も戸惑いながらショーケースの奥から出て、柴倉もそれに続いた。

レトリバーのママさんが引き戸を開く――直後、話題に出ていたピットブルが勢いよく店内に入ってきた。

闘犬として品種改良された犬は、過去に多くの事故を起こし、国によっては飼うことすらできない。その犬が、よだれをしたたらせながら祐雨子に向かって走ってきた。速い、なんてものではない。店内にいる人を機敏に避け、獲物に飛びかかるように床を蹴った。

なにか考える余裕すらなく、柴倉はとっさに祐雨子を背後に庇った。

鋭い牙が見えた。痛みを予期した体に力がこもり、反射的に顔をそむけた。

次の瞬間、金属がこすれる音が柴倉の耳朶を打った。

はっと目を開ける。

「祐雨子さん！」

叫んだのは多喜次だ。その手には、ピットブルのリードがしっかりと握られていた。激昂する犬が襲いかかるかもしれない状況で、彼は迷うことなくリードをたぐり寄せ、犬の体を押さえていた。

「柴倉、祐雨子さんは⁉」

「え……？」

声をかけられ、柴倉は振り返る。花瓶が床に落ちて割れ、一輪だけ挿してあった水仙が水に濡れていた。その水に赤が混じっている。尻餅をついた祐雨子の手首から血がしたたっていた。

「だ、大丈夫です。びっくりしてしまって、すみません」

「手当てしないと！」

「このくらいの傷……」

「いいから！　あ、すみません。失礼します」

震える細い肩を素早く抱きしめ、柴倉は祐雨子を支えて立ち上がる。

「柴倉くん、大丈夫ですよ」

無理に笑顔を作っているのがバレバレだ。

「だめです。手当てします。タキ、あと頼む」

「あ、ああ、わかった」

腰を浮かせた多喜次は、犬が動くのを見て慌ててその体を押さえた。

「ご、ごめんなさい！　この子、ちゃんと訓練を受けててとってもおとなしい子なの。ただ、若い女の子が大好きで、見かけると嬉しくなっちゃうみたいで……!!」

ピットブルのママさんは祐雨子の手首からしたたる血を見て真っ青だ。祐雨子は抵抗をやめて微笑(ほほえ)んだ。

「大丈夫です。驚かせてすみません」

柴倉は茫然とする犬の飼い主たちに会釈し、祐雨子に体をぴたりとくっつけて調理場に入った。来客が少なく和菓子の追加もなかったため仮眠を取っていたらしく、店内の騒ぎに気づいた祐がのろのろと椅子から立ち上がっていた。眠そうにあくびを嚙み殺し「どうした？」と尋ね、柴倉に支えられて歩く祐雨子を見て目を丸くした。

「柴倉くん、本当に大丈夫です。割れた花瓶で少し切ってしまっただけです」

後半は祐への報告だった。もうしばらくこのままの体勢でいたい気もしたが、まずは祐雨子の傷の手当てだ。肩から手を放すと棚から救急箱を出した。祐は祐雨子の怪我を確認すると柴倉にあとを任せ、店内を見にいった。

「あ、よかった。着物に血は付いてないみたいです」

祐雨子はきょろきょろと体を確認して胸を撫で下ろした。

「……祐雨子さん、よゆうだね」

「特殊な汚れはクリーニングも高いんですよ。ましてやこれは着物なんです」

変にリアルなことを言い出す彼女は、どうやら心配するほどショックを受けているわけではないようだ。出血のわりに傷も浅い。柴倉は内心でほっとする。そしてすぐに彼女が指先の震えを必死で隠していることに気がついた。

「ボブちゃんのママさんにも改めて連絡入れておかないと。また来てくださるといいんですけれど」

「……人のことより、まずは自分のことでしょ」

隣で飼っている猫のことは気に入っているようだが、祐雨子自身はそれほど動物に接する機会が多いというわけではない。そんな中、中型犬とはいえ筋肉質な犬が襲いかかってきたら——それがたとえじゃれついてきたとしても怖いのは当たり前だ。

「そういうときは強がらなくていいよ。ここには俺しかいないんだから」

手早く治療をすませたあと柴倉はこわばっている祐雨子の手をそっと握った。振り払われるかと思ったが、さすがにそんなゆとりはないらしい。祐雨子はきゅっと唇を嚙みしめてうつむいた。

2

『ピュアホワイト』と命名されたホワイトデー用の和菓子は、苺風味の練り切りをマーブル模様にしたものをハート型に成形し、ブラックチョコレートとホワイトチョコレートでコーティングした一品だ。バレンタインと同じ四つ入りで値段は少々高く設定されていた。

買っていくのは主に男性だが、女性も意外と多い。「お父さんが会社でもらってきちゃったからお返しなのよ」と、義理チョコのお返しに買い求めたことをアピールしていく人もいた。もちろん、自分用に買っていく人も一定数存在する。

ミカンタルト風和菓子は好評だった。ホワイトデー用の和菓子も順調だ。一方は柴倉の案が、もう一方は学校の友人の案が採用されていた。

「……俺、終わった……」

多喜次は屍になっていた。口から魂どころかすべてが抜け落ちてしまったのかやる気が出ない。学校に行って、店で働き、書道教室で榊に嫌味を言われて日々が暮れていく。

そんな多喜次に指名が入った。

祐雨子に片想いをし、公認ストーカーと化した男、どうもくんこと堂元勲である。

「た、多喜次くんと、お茶を」

なぜ俺？　と、多喜次は困惑して祐雨子を見た。祐雨子の隣にぴたりとくっついた柴倉がどうもくんを警戒するのを見た多喜次は、すべての疑問に蓋をし、ふらふらと祐雨子に近寄った。

「俺、休憩もらってもいいですか？」

「え……ええ、どうぞ。あの、お茶券です」

「ありがとうございます。あとで払います」

ギクシャクと祐雨子からお茶券を受け取ると、おどおどするどうもくんとともに鍵屋に向かう。

一番奥の、一番隅の席。どうもくんが迷いなく腰かけ、こずえにお茶券を渡した。向かいに座った多喜次が同じようにお茶券を渡すと、少し驚いた顔をしながら、みっちり書き込んだタイムテーブルをしまって台所に引っ込んだ。兄ちゃんのマニアックな趣味は鍵だけだと思ったのになあ、そういえば亜麻里さんとデートしたんだっけ。あれから亜麻里さんともちょくちょくメッセージのやりとりしてるよな、と、ぼんやり考える。

祐雨子との距離が広がった頃から、亜麻里と少し親しくなった。

自分に好意を抱いてくれている女性——そう思うと、その希少性から自然と相手のことも好意的に見ることができるようだ。情動的な〝好き〟ではなく、友愛的な〝好き〟ではあったが。

もうすぐホワイトデーだ。バレンタインのときの返事をしなければならない。

「あの」

悶々と考え込んでいた多喜次は、どうもくんの声に顔を上げた。お茶がいつの間にかテーブルの上に置かれている。接客をすませたこずえは台所に引っ込み、足下にいる雪が、膝にのりたいと目で訴えかけてきた。

多喜次は雪を膝の上にのせてからどうもくんを見た。

彼はいきなりテーブルに額をこすりつけんばかりに頭を下げた。

「すみませんでしたっ」

「え、なに!? なんですか!?」

ぎょっとする多喜次にどうもくんは言葉を続けた。

「俺が、よけいなこと言ったせいで、店の空気を悪くしてしまいました!」

「よけいなことって……俺、堂元さんとは、あんまりしゃべったことありませんけど」

いつもお茶を一緒にしているのは祐雨子だ。そう考えた多喜次はふと気づいた。祐雨子の態度がギクシャクしはじめた頃、彼女がどうもくんとお茶をしていたことを。老舗料亭『まつや』の跡取り息子の婚約者とともに鍵屋でお茶を飲んでいたとき、祐雨子もまた、どうもくんとお茶を飲みに来ていたのだ。

はっきりと避けられているわけではなかったけれど、あの頃からなんとなく距離を感じていた。

今では距離どころか壁が見えてきそうなほどだが。

「祐雨子さんに、なにを言ったんですか?」

最近では祐雨子のいい茶飲み友だちという認識だったが、彼は元ストーカーだ。店の鍵穴に細工をしたこともある。そんな彼が謝罪しなければならない事態が、多喜次の知らないところで起こっていた――考えるだけで全身が震えた。

「ゆ、祐雨子さんに」

「祐雨子さんに？」

こくりとつばを飲み込んで、多喜次は次の言葉を待つ。どうもくんはぎゅっと目をつぶった。

何度か躊躇ったあと、彼はようやく言葉を発した。

「た、多喜次くんと、柴倉くんの、どちらが好きなのか、訊いてしまって」

「……え……？」

思いがけない告白に多喜次は固まる。

「じ、実は、ずっと就職活動をしていて」

唐突にそう切り出され、多喜次は戸惑った。

そういえばどうもくんが店を訪れるのは圧倒的に平日が多かった。必ず客が少なく祐雨子の手があいていて、鍵屋でお茶が飲める日。今考えれば、毎回運良くそんなタイミングで来られるわけがない。月一回、彼は祐雨子に会える日を丁寧に調べていたのだろう。当然、フルタイムで働いている人間ができることではなかった。

「ようやく就職先が決まったんです。バイトでしばらく働いて、採用されたら研修に入って、正規雇用って形になって――」

「で、採用されたんですか？」

身を乗り出すようにして尋ねると、どうもくんははにかんだ。

「はい。四月から、正規雇用です」

「おおお、おめでとうございます！　就職祝い、なにがほしいですか⁉　あ、とりあえず、このお茶どうぞ」

多喜次は自分の前に置かれたお茶をつつっとどうもくんに進呈する。

連日のどろどろした感情を吹き飛ばす吉報に笑みが浮かんだ。そんな多喜次をまじまじと見て、どうもくんは恐る恐る「怒らないんですか？」と尋ねてきた。

「研修が終わったあとどこの営業所に配属になるかわからないんです。きっと今までみたいにここには来られない。だからその前に、……祐雨子さんには幸せになってもらいたくて、よけいなことを言ってしまいました。今思えば、自己満足です」

その一言がなければ、祐雨子は多喜次と柴倉を同等に扱い、その他大勢と分け隔てなく親切にしてくれていただろう。

多喜次の一言よりどうもくんの質問のほうが、祐雨子にとってはるかに重いものだったのだ。そのことにへこみながらもなんとか笑みを返した。

「大丈夫ですよ。でも……どうして、柴倉じゃなくて俺に声をかけたんですか？」

「多喜次くんのほうがダメージが大きそうだったから」

どうやら一見してわかるほどひどい状態だったらしい。そういえば学校でも心配された。書道教室ではもっと明確に「接客業が、だらしない」とズバズバ注意された。だいぶ頑張ってテンションを上げているつもりなのにちっとも普段通りにできていないらしい。

「俺、祐雨子さんは多喜次くんが好きなんだと思ってました」

「……え？　そ、そう見えた⁉」

「うん。客には柴倉くんのほうが人気だけど」

比べるまでもない事実に多喜次が悲しくうなずく。

「多喜次くんと一緒のときのほうが、祐雨子さんは居心地がよさそうだったから」

第三者の意見だ。実際に祐雨子に確認したわけではない。だから鵜呑みにするわけにはいかない。そうわかっているのに、たった一言で救われた気がした。

多喜次はどうもくんの手をぎゅっと握る。

「ありがとう。明日からまた頑張れる気がする」

現状、祐雨子は柴倉とばかり一緒にいる。この状況を変えない限り膠着状態は続く、そんな気がした。

多喜次が淀川家に帰るのはまちまちだ。用事があって帰るときもあれば、たまには両親の様子でも見ておこうかな、と帰るときもある。

けれど今日はそのどちらでもない。

兄に用事があったのだ。兄は多喜次以上に祐雨子と親交が深い。だから現状を打破する妙案を聞けないかと考えた。だが、兄はこずえを連れて実家に行ってしまっていた。帰ってくるのを待つのももどかしく、多喜次は電車に飛び乗ったのである。

思い立ったが吉日だ。もともとそうした性格であることを、多喜次は自分のことなのにすっかり忘れていた。

「……そういえば、なんで二人して実家に来てるんだ？」

こずえは母に好かれているから大歓迎だろうが、父と兄は顔を合わせれば喧嘩をするほど仲が悪い。もっとも最近は、こずえという緩衝材のおかげでだいぶあたりもマイルドになっているようではあるが。

「ただいまー」

玄関を開けてリビングを覗くと、両親と兄、それにこずえが、応接セットを挟んで対峙していた。帰るタイミングを間違えたのは確実だ。

「た、……ただいま……？」

もう一度声をかけると父に睨まれた。鋭い眼光にビクッとしてしまったのは仕方がない。滅多に声を荒らげることのない父は、本当に腹を立てているときほど冷静になるタイプだ。無口にもなるのでなおさら怖い。

が、母は相変わらずマイペースだった。

「あらお帰りなさい。ごはん食べてく？　お風呂は？　まさかお店クビになったわけじゃないわよね⁉　学校は⁉　つぶし利くから大丈夫よね⁉」

「ちゃんと働いてるよ！　学校も行ってる！　心配すんな！」

多喜次が怒鳴るように返したところで兄がテーブルの上にノートを置いた。見ろといわんばかりにノートを押すと、父は怪訝な顔で受け取った。

「なんだこれは？」

「タイムテーブル。俺と、こずえのだ」

こずえに書かせるばかりか兄自身も書いていたらしい。ますます怪訝な顔になる父を横目に、立ち上がった母が食器棚の奥からノートを引っぱり出して戻ってきた。兄とこずえがそれぞれ書いたものとまったく同じタイムテーブル用のノートだった。ただし、書かれている内容がまるで違う。兄のタイムテーブルはびっしりと字で埋まり、こずえのそれと負けず劣らず全体的に黒っぽい。けれど母が手にしたそれは、比較的おおざっぱに記入されている。

じっとタイムテーブルを見比べていた父は、はっとしたように顔を上げた。

「私とお父さんが一緒の時間と、嘉文とこずえちゃんが一緒の時間、どちらのほうが長いか一目瞭然でしょ」

母が胸を張る。そういえば、父の不満は兄の仕事の拘束時間の長さだった。不定期だし鍵屋に行っても不在のことが多いが、朝八時には家を出て夜の六時に帰宅する父と比べれば、パートナーと一緒にいる時間は長くなっているだろう。

「最近のお前は習い事で出かけることも多いが、昔はちゃんと家にいたぞ」

反論する父に、母は呆れたように溜息をついた。

「なに言ってるの、保育園に子ども預けてパートに行ってたでしょ。そりゃ、あなたからしたらずっと家にいたように見えたかもしれないけど、そう見えるように頑張ってただけよ。だいたいお父さん、昔は残業だ接待だって言っていつも午前様で、家に帰ってきても子どもの顔も見ずに寝ちゃってたじゃない。都合よく記憶を美化しないでちょうだい」

反論しようとした父は、身に覚えがあったらしくそのまま口をつぐんでしまった。

「あ、俺、土日しか父さんの顔見てない。昼まで寝てたし、遊びに連れていってくれるのも連休とかだけだった」

多喜次が素直に口を開く。

「だからなんか、子どもの頃は父さんのこと苦手だったんだよなー」

思ったまま付け足すと、父の肩がかすかに揺れた。

「兄ちゃんはまめに鍵屋に帰ってるし、家事もわりと好きみたいだし——兄ちゃんの性格考えたら、今反対して結婚流れたら、たぶんずっと独身だと思うけど」

亜麻里が兄のことを鍵オタクと呼んだことを思い出した。鍵しか興味のない男。実際、仕事さえあれば兄は十分に楽しく生きていけるし、父と違って家事ができるのだから、添い遂げたいと思う相手がいなければ自分から結婚したいだなんて言い出さないだろう。

「反対要素なんてないんじゃねえの」

父は多喜次の言葉にじっとタイムテーブルを睨み、やがて「そうだな」とうなずいた。

「一度反対するとなかなか折れなくて困っちゃったわ。お父さんったら……」

「母さんはよけいなこと言うな！」

またこじれたらどうする気だと、多喜次はほっと安堵する兄とこずえを横目に母を注意する。すると彼女も慌てたように口を押さえ、「こずえちゃんのお母さんにも連絡入れるわね。今度みんなで会食よ！」と実に嬉しそうにキッチンへと向かった。

兄とこずえが視線を交わす。はじめて見る兄の優しい表情に、そうかこんな顔もするのかと、照れくさいような居心地の悪さを感じた。

「多喜次は、なにか用事でもあったのか」

タイムテーブルを睨みつつ父に聞かれ、多喜次は曖昧に笑った。

今、祐雨子のことを兄に聞くのは無粋すぎる。

「ちょっと顔見に来ただけ。俺、明日も早いから戻るわ」

多喜次はそう言って、ひらひらと手をふった。


「和菓子全種類を二つずつ、ホワイトデー用の和菓子を一つ、薄皮まんじゅうを十個ですね。ありがとうございます。お届け先は……」

房ケ矢大学を指示された。注文してきたのは春休みを満喫する生駒京香である。バレンタインに想い人のために和菓子を買いに来店したが、果たしてうまくいったのだろうか。

そんなことを考えつつ和菓子を箱に詰めていく。

「祐雨子さん、配達行ってきます」

「いってらっしゃい」

笑顔で見送られるが、隣にはぴたりと柴倉が寄り添っていた。二人仲良く豆の選別をおこなっている。強引に割り込みたかったが、不興を買いたくない多喜次は、そんな二人を前にしてもなにも感じないふりをするしかなかった。

「働くのが苦痛とか！　俺だめすぎね⁉」

対人関係で仕事への気構えがこれほど変わるなんて思いもしなかった。以前は平気だったのに、今では朝起きて一階に向かうのも苦痛だ。三月もなかばなのに外はまだまだ寒くて、多喜次は車に乗り込むと身を縮めて溜息をついた。

「……こんなことしてたら、クビになる」

いっそクビになったほうが楽なのかもしれない。ハンドルに額をくっつけてうめき、配達しなければとエンジンをかけた。大学は車で十五分の場所にあった。広いキャンパス、活発なサークル、キャッキャうふふな学生たち――そんなイメージだったが、思った以上にこぢんまりとした学校だった。多喜次の通っていた高校よりは広いし緑が多いが、薔薇色のキャンパスライフというよりも、高校の延長というイメージだった。

「あ、つつじ屋さん！」

車から降りると笑顔で出迎えてくれた京香がはっとしたように車中を覗き込んだ。

「一人なんですか⁉　なんで一人なんですか⁉」

「配達なので、一人です」

なにか問題があるのかと多喜次が首をかしげていると、長身の男が近づいてきた。表情は硬く、やや筋肉質。バスケットボールが似合いそうな凜々しさがある。

「東くん、どうしましょう。つつじ屋さん、お一人でした！」

京香が〝東くん〟と呼ぶのはただ一人。多喜次は目を見開いた。

「東くんって、バレンタインの？」

「あ、はい。バレンタインの和菓子を渡したら他の人には渡してないことから本命だってバレて、先日、めでたくおつきあいすることになった東くんです‼　初カレです！　二十年生きてきて初カレです！　大本命です！　今、超幸せですー‼」

きゃあっと京香は悲鳴をあげて身もだえた。相変わらず素晴らしいテンションだ。好き好きオーラがダダ漏れで、仏頂面の東の硬そうに引き締まった頰にも朱がさしている。

愛するより愛されたほうが幸せになれる、そう学友に言われたことを思い出す。

京香と東を見ていると、その言葉に妙な重みが加わった。

一方的に好きでい続けることは難しい。相手がもう自分に興味がないとわかるとなおさらだ。

「どちらに運びますか？」

多喜次が気落ちしながら尋ねた瞬間、膝からかくんと力が抜けた。

「おわ!?」

商品の入った袋を取り落としかけ、多喜次は慌てて両手で支える。後ろを振り向くと、まず一番に見事な毛並みのラブラドール・レトリバーが見えた。次に、リードを持った少年に気づく。少年の名は関口飛月（せきぐちひづき）――和菓子が苦手なくせに好きな女の子のために独自に成形技術を学んだ逸材だ。

「なんでここに」

「なんで一人なんだよ!?」

お前もそれを訊くのかと、多喜次は困惑して飛月少年を見た。

「なんでって、配達だからだよ」

「お前一人じゃ意味ない！」

言葉がグサリと胸に刺さった。和菓子職人としての修業をはじめて一年――練り切りの残りで練習をさせてもらえるようにはなったが、いまだ仕事は雑用と接客が中心で、いい加減自尊心もすり切れている多喜次には、その発言はあまりにも痛かった。

「ご、ごめんね。お姉ちゃん、注文失敗しちゃったの」

なぜか京香が飛月少年に謝罪している。

「いや、半人前の俺じゃだめだっていうのはよくわかってます。すみません、もっと配慮すればよかったです」

ここで再び膝かっくん攻撃がきた。油断していた多喜次がよろめくと、東がさっと紙袋を持ち、和菓子ともども安全な場所に避難してくれた。

「な、なんなんだよ！」

「半人前とかどうでもいい！」

「……いいって、じゃあなんで怒ってるんだよ」

ぐうっと飛月少年が唇を噛み、上目遣いに多喜次を見てからぼそりとつぶやいた。

「恩返し」

「恩返しって、なんの？」

「……俺が美世(みよ)とつきあえたの、お前のおかげだし」

つきあってるのかよマセガキ！　と、多喜次は胸中で突っ込んでいた。間もなく中学に上がるという彼は、どうやら意中の美少女と仲良くしているらしい。意地を張り続ける彼に警告したのは夏の和菓子教室だった。もうずいぶん前のような気さえした。

「お母さんが、美女まっしぐらのピットブルで祐雨子ちゃんの恋の応援をしてあげようって話してて、それが失敗したみたいで騒いでたんだ」

多喜次のことは「お前」呼びで祐雨子のことは「ちゃん」づけなのは、きっと母親の影響なのだろう。そういえば飛月少年の母親もあの場にいたなあ、なんて考えてからぎょっと目を剝いた。

「ちょっと待って、あれって事故じゃなかったのか⁉」

「事故だよ。思った以上に力が強くて犬が店内に入っちゃったって、お母さんたち真っ青だった。本当は、リードひっぱって引き戻すつもりだったんだ。そうしたら、お前は祐雨子ちゃんを守るだろ？」

実際に守ったのは柴倉だ。多喜次はとっさに目の前のリードを摑み、祐雨子に飛びつこうとした犬を止めるのに必死だった。

「柴倉くんはみんなのアイドルだから、くっつくなら多喜次くんがいいよねって一致団結したのに、柴倉くんと仲がよくなっちゃったって、お母さんたちがマグマに到達しそうなほど落ち込んでた」

不純すぎる動機はひとまずスルーして、多喜次は状況を理解して愕然とした。

「お膳立てしてもらったのに全部だめにしたのか、俺……‼」

「今日だって、祐雨子ちゃんとお前がここに来ると思ったのに一人とか。せっかく店内に入ろうとする客つかまえて配達してもらうように頼んだのに」

巻き込まれたらしい京香と東は、そうなんですよ、と、困ったようにうなずいた。

「お膳立て……!!」

そうか、誘えばよかったのかと、多喜次はすっかり後ろ向きだった自分に気づく。最近の祐雨子は柴倉とばかり一緒にいたから、もう自分は用済みな気がしていた。

けれどまだ、プロポーズの返事すらもらっていない。

みんなの生活が変化している。兄はようやく結婚の許可を得て、京香は恋を実らせた。どうもくんだって、就職が決まったと前向きに頑張っているのだ。

一人立ち止まっているわけにはいかない。

なにも見ないふりをして、うつむいているわけにはいかない。

多喜次は意を決し、代金を受け取ると店に戻った。

店の前に珍しくタクシーが止まっている。お客様は近所に住んでいることが多く、駅も近いことから徒歩が多い。タクシーを気にしていたら、店内から言い争うような声が聞こえてきた。慌てて引き戸を開けると、そこには亜麻里の姿があった。

振り返った亜麻里は、ぱっと笑顔を輝かせた。

「多喜次くんがいないって聞いてびっくりしちゃったわ！」

どうやら言い争っていたわけではないらしい。

「すみません、配達に行ってたんです。今日はどうしたんですか？」

まだ就業時間のはずだ。多喜次は混乱しながらも亜麻里に近づく。

「お茶菓子を買いに来たの。大切なクライアントと会うから、どうしてもいいものをお出ししたくて」

「そうなんですか。ありがとうございます」

なんとなくほっとした。これで多喜次に会いにきたなんて言われたら、ややこしくなる気がしたのだ。

明日はホワイトデーだ。好きな人がいるのだと、亜麻里にきちんと伝えよう。そして、改めて祐雨子に告白しよう。玉砕なんて考えたくないが、このままギクシャクとした関係を続けることだけは避けたかった。

「多喜次くん」

名前を呼ばれて視線を上げる。間近に大きなアーモンド型の瞳があった。きれいだな、そう思った直後、唇を奪われた。

「本当は、我慢できなくて多喜次くんに会いにきたの。お茶菓子は口実よ」

整った顔が至近距離で微笑み、細くしなやかな指が、たった今彼女が触れた多喜次の唇をちょんっと押した。

「明日、返事待ってるわね」

彼女はそう言って嵐のように去っていった。呆気(あっけ)にとられた多喜次は、この光景を目撃して立ち尽くす祐雨子と柴倉に気づいてわれに返った。

「ち、違うから。今のは、本当に、違うから」

「――あのまま行かせていいの？」

「え、いや、よくない！」

訂正しなければと、多喜次は柴倉に言われるまま店を飛び出した。だが、店を出たばかりなのに亜麻里の姿がない。駅に向かったのかと目をこらした彼は、すぐに遠ざかるタクシーに気がついた。あれは亜麻里が乗ってきたものだったのだ。

とっさに携帯電話をポケットから出す。しかし、電話で告白を断るのは不誠実な気がした。なによりこれから彼女は大切なクライアントと会うと言っていた。告白を断られたくらいで亜麻里がパニックになるとはとても思えないが、それでも、今電話をかけるべきタイミングでないことは明白だった。

がっくりと肩を落としたまま店内に戻ると祐雨子と目が合った。多喜次は言い訳しようと口を開く。だが、声をかける前に祐雨子がこう告げた。

「配達、お疲れ様でした」

——まるで今見たことなど気にもしていないと言わんばかりの口調だった。

フラれてはいない。

けれど、気にも留めてもらえない。

言い訳の言葉を呑み込んで、多喜次は「うん」とうなずくことしかできなかった。

3

家に帰って入浴をすませた祐雨子は、自室に戻るとテーブルの上にちょこんと置かれた茶色の小箱を見た。赤いリボンは傾いていて、ちっともきれいに飾れていなかった。中に入っているのは、決められた材料を決められた手順で混ぜて固めコーティングしただけの、誰にでも簡単にできてしまうお菓子だった。

本当は、一カ月前に、多喜次に渡すはずだったもの。

渡せなかったのは、お茶出しを手伝うため鍵屋に行ったとき、亜麻里が多喜次にチョコレートを渡すのを見てしまったからだ。

亜麻里から毎日のようにメッセージが届く。全部、多喜次に関することだった。今日はどんな仕事をしたのか、調子はよさそうか、好きな食べ物や嫌いな食べ物を訊いてくることもあった。最近興味を持っていること、好きな映画、音楽、デートに誘うならどこが喜ぶか。終わることのないリサーチに、改めて彼女が本気なのだと痛感した。

「い……言えない」

友人の恋を全力で応援する、そんなことを言っていた彼女の恋を応援できないだなんて。

祐雨子は小箱を凝視したまま固まっていた。要求されたので柴倉にだけは渡したが、多喜次用のチョコレートは一カ月たった今もテーブルから動いていない。

きっともう、渡すことはないだろう。

亜麻里が多喜次にキスをした。それを見たら、平静を装うのに必死になって、なにも考えられなくなった。多喜次もはじめこそ焦って言い訳をしようとしたが、すぐになにも言わなくなり、仕事へと戻っていった。

祐雨子は小箱を摑んでゴミ箱の前に移動した。いつまでも大切に持っているから、渡せなかったことを後悔し続けることになるのだ。食べてもらえないなら捨てるべきだ。それはわかっている。

だが、それができない。

　小箱を見つめていると軽い電子音とともに携帯電話にメッセージが届いた。

『今日は急に押しかけちゃってごめんね。多喜次くんを驚かせたかったの』

　亜麻里はきっと幸せなのだろう。添えられたスタンプにハートが乱舞していた。携帯電話から視線を剝いだ祐雨子は、家電(いえでん)が鳴る音に小箱をテーブルのうえに置いてふらふら立ち上がった。遠方の大学に入学した弟が家を出てから、子機が廊下から祐雨子の部屋に移った。携帯電話が主流とはいえ、たまにこうして電話が鳴る。

「もしもし」

『生存確認』

　間髪(かんはつ)を容(い)れず聞こえてきた言葉に祐雨子は「あっ」と声をあげていた。

「ひろくん？」

　一カ月から二カ月に一度かかってくる電話は、弟である祐都(ひろと)からの定期連絡だ。一人暮らしをしたいと言い出した弟に祐が出した条件である。前の生存確認は『あけましておめでとう。正月は帰らないから』と、一月五日くらいにかかってきたのが最後だった。

『こっちは変わりなく。じゃ』

「ま、待って！」

　あっさり切ろうとする祐都に祐雨子は慌てた。『なに？』とあからさまに面倒くさそうな声で訊いてくる。

「……あの、えーっと……その、ひろくん、と、年上の女性ってどう思う?」

『質問の意図は明確に。僕、暇じゃないから』

「だから、つまり……ひろくんからしたら、お姉ちゃんくらいの年齢の女の人って、どう思う?」

『おばさん』

即答に祐雨子はぎょっとした。

「おばさん!?」

『十歳近く年上の女なんて、普通におばさん。三年後に僕が二十二歳で相手が三十路だ。逆ならまだしも、つきあっても男側にメリットなんてないよ』

「その意見、偏っているのでは」

『男に求められるのが包容力と経済力なら、女に求められるのは若さと愛嬌だろ。第一、十代の男が家族養えると思う? 金がない生活はいずれ破綻する』

その点、亜麻里は理想的だ。勤めている会社は上場企業だし、住んでいるマンションも単身者向けとはいえ高級な部類——生活が安定しているから、パートナーに依存する必要もない。今は妻が働いて夫が家事をこなすという家もそれほど特殊ではないし、お互いが納得していれば幸せに暮らせるのだろう。

『でも、珍しいな。姉ちゃんがそういう質問僕にしてくるの。なにかあった？』

「な、なにもないです。おやすみなさい！」

電話を切ってうなっているとノックとともにドアが開いた。祐が「今の電話、祐都か？」と尋ねてくる。

「うん。いつもの生存確認。元気そうだった」

「……そうか」

うなずいて、うかがうように祐雨子を見る。いつもならそんなことわざわざ確認しないし、言いたいことがあればさっさと口にするのに珍しい反応だ。

「お父さん？」

「柴倉が、明日半休ほしいって言ってたんだが」

柴倉と買い物にいく約束をしていたことを、祐雨子は祐の言葉でようやく思い出した。

「明日……明日って、三月十四日、ホワイトデー!!」

「デートするのか？」

一瞬、なにを言われているのかわからなかった。けれど、すぐに思い出した。柴倉に和菓子の道具のことを尋ねたら、選ぶのを手伝うと言ってくれた。ありがたい申し出に喜んでいたら、柴倉がデートだと言い出したのだ。

「デートじゃなくて買い物！」

柴倉がどう言って休みをもらったのか気づいて祐雨子は訂正した。柴倉は〝おばさん〟を誘ってくれる奇特な人だ。みんなこうやって誰かと繋がっていくのだろうか――そう考えたが、それでもなお祐雨子には、自分に恋人ができることも、ましてや家庭を持つこともまるで想像できなかった。

だが、気づいてしまった。

幸せな未来を想像できないのと同じくらい、多喜次のいない生活が想像できないことに。

ずっとそばにいて、好きでいてくれることが当たり前だった。

だから、亜麻里が多喜次を好きだと知ったとき、動揺したにもかかわらずどこかでゆとりがあったのだろう。傲慢にも彼が自分から離れていくなんて考えもしなかったのだ。彼の好意に甘え、無意識に現状を維持しようとした。稚拙で、身勝手で、世間知らず。挙げ句の果てには、どんどん多喜次との距離を詰めていく亜麻里を見ていられなくなって逃げてばかりいる。

そんなどうしようもなく愚かな祐雨子を柴倉に心配してくれていた。

なにかあるたびに声をかけ、暗くなりがちな祐雨子をフォローしてくれていた。「チョコのお礼」とか「好きな人が困っているのに放っておけないよ」と言葉を添えて。お客様からの人気が絶大なのも納得できるほど柴倉は親切だった。

「それで、明日は半休でいいのか?」

祐に確認されて、祐雨子ははっとわれに返った。

「でも、明日はホワイトデーで……」

「忙しかったら休みはやれないと柴倉に伝えておいたんだ。バレンタインのこともあるしな。しかし、ここ数日を見てもホワイトデーは例年通りだ。だから、休んでも大丈夫だ。昼からタキも来るしな」

多喜次と亜麻里のラブシーンを思い出し、祐雨子はぎゅっと唇を噛んだ。会いづらかった。自業自得とはいえ、彼との距離が開いていくことが辛かった。

多喜次もこんなふうに感じたのだろうか。祐雨子が彼の兄に惹かれていた頃、なにも言わずに見守ってくれた。それを思うと、彼の恋路を邪魔してはならないと、強く思うのだ。

祐雨子は胸をぐっと押さえ、短く息をついた。

心の痛みはいつか癒える。彼の幸せを間近で見守ることは、きっと、彼の想いにきちんと向き合おうとしなかった贖罪なのだ。

「お父さん、明日、休みをください」

「わかった」

「電話をくれたらすぐに戻るから、忙しくなったら……」

「ゆっくりしてこい。デートなんだから」

違うと否定する気力もなく、祐雨子は曖昧にうなずいた。

床に座り込んでクッションを抱きしめると、携帯電話が明滅していることに気づいた。

メッセージが届いている。

『明日、大丈夫？』

柴倉からだった。びっくりするくらい短い問いにぎゅっと携帯電話を握る。毎日言葉を交わすから、多喜次と携帯電話でのやりとりはほとんどしたことがない。

こんなふうに言葉を伝え合ったことすらなかったことにショックを受けた。

『大丈夫です。よろしくお願いします』

すると返信がきた。

『明日のデート、楽しみ』


多喜次の通う調理師専門学校は、申請をおこない、許可が下りれば調理室を使わせてもらえる。道具の貸し出しももちろん可能だ。ただし、管理を徹底しないと二度と使わせてもらえないうえに個人の評価までがた落ちになる。衛生管理と道具の扱いは普段から細かく注意されるので、基礎として身についているが、調理室を使うときはいつも以上に神経質になる。

「んー、いいにおい。ケーキ焼いてるの？」

　オーブンから焼き上がったばかりのシフォンケーキを取り出すと、いつもなにかと助言をくれる学友が教室を覗き込んできた。未来のショコラティエールである。

「あ、佐藤さん！　ホワイトデーの案、ありがとうございました」

「いえいえ。チョコが愛されるために貢献できたならあたしも幸せだわ。多喜次くん、四月から和菓子専攻じゃなかったっけ？　あれ？　洋菓子だっけ？」

「一通りやる予定です」

「それで、練習？」

「バレンタインのお返しだってさ」

　多喜次が答えるより先にそう告げたのは、未来の中華料理の料理人だ。

「バレンタインって、あのグラマーな年上美人に手作りケーキ!?　普通ブランド品じゃない!?　多喜次くん、フラれちゃうよ!?」

「ホワイトデーにブランド品って」

彼女の勘違いを訂正しようとした多喜次は、考えもしなかった選択肢に狼狽えた。そういえば、ブランド品がステータスだと言わんばかりに買う人種もいるらしい。気に入ればノーブランドでも気にしない、むしろ消耗品と割り切っているから安価で丈夫なもの大歓迎という多喜次にとって理解しがたい思考である。

「渡すなら小物とかかな。あたしがもらうなら絶対バッグだけど」

ハードルが高すぎる。ブランドといってもピンからキリまであるが、最低でも数千円、高額なものなら数十万円、あるいはそれ以上の品だってある。苦学生である多喜次には到底手が届かない。

「こ、これは亜麻里さんに渡すものじゃないから！」

亜麻里には店で出している『ピュアホワイト』を渡す予定だ。強く否定するとショコラティエールは目をぱちくりさせた。

「え、そうなの？　手作りなのに？」

「タキの本命、別人なんだってさ」

未来の中華料理人に耳打ちされて、ショコラティエールが驚いた。

「乗り換えるんじゃなかったの？　みんな噂してたのに……そういえば本命って？」

「和菓子屋で接客してた人」

続けられる中華料理人の言葉にショコラティエールは首をひねる。

「うーん、どんな人だっけ？　全然思い出せない。イケメンがいたのは覚えてるんだけど……でも、その人からも本命チョコもらってたんだ？　多喜次くん、モテモテじゃん」

料理人を目指す人間ばかりが集まる学校で、シフォンケーキの焼き方を訊いたら丁寧なレシピを渡された。おかげではじめてとは思えないほどふっくらと焼き上がっている。

多喜次はシフォンケーキに視線を落として肩をすぼめた。

「……チョコは、もらえてない」

「え、もらってないのにお返しするの!?　それ嫌味だと思われない？」

「ドン引きだろ。だから俺、チョコくれた人にしとけって言ってるのにさー。乳デカいし、最高じゃん」

そんなところばかり見ていたのかと多喜次が呆れると、ショコラティエールはそれ以上に引いたらしく、不愉快極まりないという表情で中華料理人を見た。

「クズ」

「バカお前、あそこには男のロマンが詰まってるって知らないのかよ!?」

「ゲス」

容赦のない口撃に中華料理人がよろめく。が、自業自得なのでフォローしようもなく、多喜次は苦笑した。

「ダメ元で渡すにしても、せめてラッピングくらいかわいいのにしなきゃだめよ」

「このままじゃだめ？」

シフォンケーキを入れる箱はレシピを受け取るときに分けてもらっていた。しかし言われてみると、確かにシンプルすぎる。

「ラッピングとか考えてなかった。のし紙つけて終わりにしようかと」

「ホワイトデーにのし紙はないから！　普通のラッピングでいいから！　リボンつけるだけでもだいぶ雰囲気違うよ。選ぶのつきあってあげようか？」

「ん、大丈夫。自分でなんとかする」

どうやら心配してくれているらしい。最近は誰も顔色が悪いとは言わなくなったが、代わりにこうしていろいろと声をかけてくれる。

「ありがと」

「……多喜次くんって、前はやんちゃな男の子って感じだったけど、近ごろは落ち着いてきたよね」

「ひっでーな！」

思いがけない指摘に多喜次は目を瞬く。

「恋は男を変えるってか。俺も変わりてえー‼　こぼれんばかりのロマン‼」

「胸から離れなさい、胸から！」

ぎゃあぎゃあと騒ぎながら二人が去っていく。多喜次は小さく息をつき箱を見た。リボンまで考えが及ばなかった自分の切迫した状況に苦笑いして粗熱の取れたシフォンケーキを箱に収め、紙袋に入れる。近くの手芸店でリボンを買おうと思ったが、ブランド品という単語が頭の片隅にこびりついていたためいつもは行かないデパートまで足を伸ばした。サービスカウンターでリボンを売っている場所を尋ねると五階にある専門店を案内してくれた。いろいろな専門店が集まっているのが売りらしく、海外の高級な食器ばかりを扱う店や、世界中のコーヒー豆を買えるコーヒー店、燻製の専門店、セミオーダーの革靴だけを取り扱う店と個性豊かだった。

「えーっと、五階の奥。エスカレーターを下りてまっすぐ進んで……」

専門店というだけあって、目的の店にはたじろぐほどリボンが置いてあった。店自体は小さいのにロールでびっしり陳列してある量り売り形式なので、その種類の多さに焦るほどだった。色も柄も豊富だし、幅も選び放題だ。

店内にいるのは女性ばかりで、リボンに縁のなさそうな多喜次を見ると怪訝な顔をし、すぐさま避けるように遠ざかっていった。

　多喜次はめげずに物色した。

「レースもあるのか。でも、白い箱に白いレースのリボンじゃ合わないよなあ」

　ラッピングにも使える造花も売っている。ホワイトデーなので青いリボンを手に取り、水色の花をメインにした愛らしい造花を選んだ。

「うお、やばい。思った以上に時間が……!!」

　二時を過ぎている。遅れることを電話したら、珍しく祐が理由を訊いてきた。もしかしたら忙しいのかもしれない。

「でも、バレンタインと比べるとだいぶゆとりがあったよな?」

　電話を切ったあと、多喜次は首をかしげた。

　祐雨子と柴倉がいるのだから接客にも問題ないはずだ。大口の注文でも入ったのだろうか。それとも偶然機嫌が悪かっただけか——とにかく、早く店に戻らなければならない。

「どこかでラッピングしないと」

　すぐにエスカレーターの横に椅子とテーブルが置かれていることに気づいた。買い物途中の奥様方が、カップに入ったコーヒーを飲みながら談笑している。多喜次はあいているテーブルに向かうとシフォンケーキの入った箱を出し、買ったばかりのリボンをあてた。

雪のように白い箱に青いリボンがさわやかだ。造花を添えると華やかさが追加される。

「……のし紙はだめかなあ」

悪戦苦闘して造花を添えてリボンを結び終えた多喜次は、手書きののし紙をあててうなった。合わない。リボンがないときでも不自然だったが、あると完全に浮いてしまう。

「渡すときにどうするか考えよう」

腰を上げた多喜次は、店内を歩き回る祐雨子の姿を見つけて動きを止めた。今日は仕事のはずだ。ホワイトデーだし、彼女はよほどのことがない限り休みを取ったりしない。けれど彼女は白いタートルネックに細身のパンツ、手には黒いコートとカバン、買い物をしたらしく紙袋を持っていたのである。買い出しなら市松模様の小振袖(こふりそで)に袴(はかま)といういつもの仕事用の服装でなければ不自然だ。

「……今日、仕事じゃなかったのか……?」

朝、祐雨子に会えないまま登校した多喜次は、こんなところで会えたことに感動していた。神様があきらめるなと言っているに違いない。

多喜次はこの偶然に感謝し、ラッピングを確かめて一歩踏み出す。

「祐雨子さ……」

言葉はそこで途切れた。一人だと思っていた祐雨子からわずかに遅れ、柴倉が歩いてきたからである。彼は小走りで祐雨子の隣に並び、じゃれつくように袋の中を覗き込んできた。祐雨子が怒ったような仕草をして紙袋を胸に引き寄せ、すぐに笑みを浮かべた。幸せそうな、楽しそうな、今までに見たことのない笑顔だった。

なにかの見間違いではないのか。

よく似た二人が偶然ここにいて、デートしている。あるいは、疲れすぎて幻覚でも見えているのかもしれない。

多喜次は店に電話をした。

『つつじ和菓子本舗です』

先刻同様、電話に出たのは祐だった。調理場にいることの多い祐が二度も電話に出ることの不自然さ――多喜次の頭の中が真っ白になった。

「あ、あの、おやっさん、何度もすみません。多喜次ですけど」

喉(のど)が干上がる。多喜次は声を絞り出した。

「祐雨子さんは?」

祈るように問いかけた。だが、返ってきた言葉は無情だった。

『今日は柴倉と一緒に休んでる。それより、何時頃に来れそうだ?』

同じフロアにいるのはやはり見間違いなどではなく祐雨子と柴倉なのだ。以前、祐雨子が柴倉からデートの誘いを受けていた。店内でも、二人の仲のよさは顕著だった。普段からこうして出かけていたのかもしれない。休日、多喜次が知らないうちに。

今日はホワイトデーだ。だから柴倉は、祐雨子をデートに誘ったのだろう。そして、彼女がほしがるものをプレゼントした――。

「今から、向かいます」

多喜次は祐にようやくそれだけを返した。ずっと片想いを続けて、一年前にプロポーズをし、けれど彼女は振り向いてくれることもなく将来有望な和菓子職人を選んだ。

ショックが大きすぎて頭が回らない。

「……消えたい」

思わずつぶやいた。なにも気づかないふりをし続けるのは限界だった。和菓子は好きだ。和菓子に向き合う祐を見ると格好いいと思うし、和菓子を食べて幸せになっている人を見ると自分も嬉しくなる。

だから、あの場所に戻ることがこんなに苦痛になるとは思わなかった。

多喜次はぐっと唇を嚙みしめ、深く息を吐き出した。

「こんなの俺らしくないよな」

多喜次は紙袋を摑むと大股で二人のあとを追った。

「祐雨子さん、お茶でも飲もうよ。奢るから」

「だめです。私が払います。お昼も出していただいたのに……」

朝から一緒だったのだろうか。このぶんでは夜まで一緒なのかもしれない。

なにもかも持っている柴倉に嫉妬すると同時に、嫉妬しかできない自分に失望して多喜次は小走りになった。

「祐雨子さん、柴倉！」

声をかけると二人同時に振り返った。驚いた顔の柴倉と、とっさに紙袋を抱きしめる祐雨子——紙袋には『職人の店粋』と堂々とした書体で印刷されていた。

「今日、学校だったよな？　なんでここにいるんだ？」

柴倉が戸惑いを言葉にした。そっくりそのまま返したかったが、多喜次は「ちょっと用事があって買い物に来たんだよ」と返した。

「買い物？」

「ホワイトデーのお返し」

「ああ、華坂さんにか。今日、店に来るんだっけ？」

柴倉は当然のようにそう尋ねてきた。多喜次が祐雨子からチョコレートをもらっていないことなんて、彼はとっくに知っている。今年、祐雨子が渡したのは本命チョコ一つだけだったのだ。祐雨子を見ると、表情一つ変えずに目を伏せていた。

「祐雨子さん、去年、俺、祐雨子さんにプロポーズしたよね？」

多喜次の言葉に祐雨子が顔を上げる。

ずっと憧れ続けた人に情けないところを見られたくなかった。こんなときですら失望されるのを恐れている自分が滑稽だった。

声が震えないように、笑顔が崩れないように注意しながら、多喜次はまっすぐ祐雨子を見つめて言葉を続けた。

「あれ、破棄して」

「え……？」

「それから、これ。祐雨子さんに」

驚く彼女に多喜次はシフォンケーキの入った紙袋を差し出した。受け取ろうとしない彼女に傷つきながら、多喜次は無理やり紙袋を持たせると踵を返すなり逃げ出した。

十五年も続いた片想いが終わるのは、思った以上にあっけなかった。

ああ、店に戻らなきゃ――そう思ったのに、いつの間にか立ち止まっていた。

息ができない。胸が苦しい。

「ここは潔く身を引く場面だよな。俺、間違ってないよな？」

自分自身に問いかけて、ぐっと胸を押さえた。

あまりのことに、祐雨子は茫然と立ち尽くしていた。

「プロポーズって本当だったんだ。お客様が話してるの聞いて、まさかとは思ったけど」

なぜお客様からそんな情報が入ってくるのだろう。祐雨子はそんなことを考えながらよろよろと数歩前に出た。

「は、破棄というのは」

「なかったことにしてくださいって意味だと思うけど？」

「プロポーズを、ですか？」

「だろうね。で、なにもらったの？」

混乱のまま祐雨子は紙袋の中を覗く。かわいい花飾りとともに青いリボンのかかった真っ白な箱が入っている。大きさのわりには軽く、中から甘いにおいがただよってきていた。祐雨子ははっとして箱を取り出し、リボンをはずす。中から出てきたのは紅茶を練り込んだシフォンケーキだった。

去年の夏、彼がケーキを焼いてくれると言った。冗談だとばかり思っていたものが今、祐雨子のもとにある。

「……未練がないように、ケーキを渡してお別れということですか」

「ん？」

「亜麻里ちゃんとつきあうから、これで、もう、約束事は全部白紙という意味ですか？」

「え……ええっと、うーんと。……あのさあ、これ俺が言うの、無茶苦茶癪なんだけど」

困った顔になった柴倉は、紙袋の中に手を突っ込んでなにかを取り出した。

「お互いになんか勘違いしてるんじゃない？」

広げられた紙には、苦労の跡がこれでもかというほどににじむ字で、〝祐雨子さんへ〟と書かれていた。筆で書かれたものだった。下にペンで〝味と愛情は保証します〟と添えられていた。

ますます意味がわからない。

「プロポーズを破棄したんじゃないんですか？」

「今の発言だけ見ればそう取れるけど……それ以前に、俺と祐雨子さんがデートしてたから、無理したんじゃないの？」

「お買い物です。だいたい、どうして買い物に出ただけで破棄になるんですか」

真剣に問う祐雨子を見て柴倉は首筋を撫でた。

「俺としては誤解してくれてたほうが都合がいいんだけど」

意地悪く微笑む彼をじっと見つめると、ばつが悪くなったのか溜息が返ってきた。

「タキと華坂さんを見て、祐雨子さん、なにを思った？」

「そ、それは……」

近づく二人の距離に、祐雨子は動揺した。キスシーンまで見せられて、言い訳もしない彼にひどく傷ついて——避けてしまった。

「同じようなことを、俺と祐雨子さんを見たタキが思ってたってだけのこと。あーあ、起死回生のチャンスだと思ったんだけどなー」

「柴倉くん」

「祐雨子さん、俺が誘っても全然なびいてくれないんだもん。今日のデートだって、俺のためのお出かけじゃないし」

告白してくれた相手にひどい仕打ちだ。自分勝手な理由で連れ回していることを指摘され、祐雨子は肩をすぼめた。

「すみません。道具のことはあまり詳しくなくて……」

謝罪する祐雨子を恨めしげに睨んだ柴倉は、髪をかき上げて大仰に息をついた。

「幼なじみって不利だと思ったのにな。っていうか、俺って職人としての腕もいいし、接客もうまいし、イケメンだし、祐雨子さん見る目がない」

　誰もが認めているが、彼がこの手のことを口にするのは珍しい。困惑していると軽く背中を押された。

「祐さんと都子さんだけじゃお店大変だろうから、俺、先帰ってるよ」

「柴倉くん」

「あのバカ、きっと死にそうな顔で落ち込んでるから行ってあげたら？」

　ひらひら手をふって背を向ける。遠ざかる広い背中がひどく寂しげに見えた。呼びとめようと口を開いた祐雨子は、とっさに言葉を呑み込んだ。

　深く頭を下げる。

「ありがとうございます」

「実はいい加減、あの辛気くさい顔見るのも飽きてたところだったんだ」

　憎まれ口にも力がない。彼は軽く肩をすくめるとエスカレーターに向かった。祐雨子はきゅっと唇を噛み、シフォンケーキの箱を抱きしめたあと袋に戻すと多喜次を探した。

だが、彼の姿はどこにもない。もしかしたらもう別の階に移動しているかもしれない。

　祐雨子はカバンから携帯電話を取り出した。

　多喜次に電話をかけたのは片手でかぞえられるほどの回数だ。そばにいたから、わざわざ使う必要なんてなかった。彼と繋がるチャンスは何度もあったのに。

携帯電話の受話口から聞こえる音からわずかに遅れ、呼び出し音が遠く響く。祐雨子は辺りを見回した。エレベーターやエスカレーターがあるから利用者が少ない場所――その音は、階段から聞こえてきていた。

呼び出し音が切れ、携帯電話から『もしもし』と聞こえてくる。声が思った以上に低く、祐雨子はそれだけで緊張した。

どう切り出そうか悩む祐雨子の目に、半紙が飛び込んできた。

「シフォンケーキの袋の中に、紙が入ってました」

『あ……!! それ、もう読んだ!? 読まずに捨てて!』

「読みました」

聞こえてきたのは、息を呑むような音。

『ご……ごめん。祐雨子さんは柴倉とつきあってるのに、わかってたのにどうしても伝えたくて。俺、祐雨子さんに迷惑かけてばかりいる』

多喜次の返答に、今度は祐雨子が息を呑む番だった。

うやむやにすればきっとまた後悔を繰り返す。

祐雨子は慎重に言葉を選んだ。

「多喜次くんは、亜麻里ちゃんとつきあってるんですか？」

『つきあってない。キ、キスされたのは、本当に不意打ちで……自慢じゃないけど俺のファーストキス！　大事にとっておいたキスなのにっ!!』

誰のために、という質問は、なんだか妙に聞きづらかった。緊張で鼓動がどんどん速くなっていく。祐雨子はそっと階段を下りる。一歩、一歩、足音を立てないように。

「デート、誘われてましたよね？」

ずっと尋ねたかった問いを、祐雨子はようやく口にする。

『忙しくて行く時間なかったし』

「暇だったら……」

『行かない。でもどう断ったらいいか、わからなくて』

「……どうして、ですか？」

『だって祐雨子さんの大事な友だちだろ？』

それは祐雨子にとって予想外の返答だった。押され気味に見えたのは亜麻里の魅力にたじろいでいたのではなく、対応に苦慮した結果であったらしい。

『祐雨子さんの友だち傷つけたくない。それに、そんなことしたら俺が祐雨子さんに嫌われそうだし……俺、もともとそういうの慣れてないからどうしていいのか迷ってるうちにグダグダになったんだ。おまけに祐雨子さんと柴倉はどんどん仲良くなって、俺の居場所あっという間になくなるし。そのうえ二人でデートもしてて、楽しそうで』

声が、詰まる。苦しげにあえいでから言葉が続いた。

『だったらもう俺、潔く身を引くしかないじゃないか』

ここしばらくの多喜次の苦悩が言葉からあふれていた。

全部、祐雨子を思ってのことだったのだ。

申し訳ないという感情と、愛(いと)おしいという想いに胸が苦しくなる。

階段に座り込み、項垂(うなだ)れている多喜次のつむじが見えた。

「これ、本日の戦利品です」

祐雨子は携帯電話を下ろしながら声をかけた。はっとしたように振り返った多喜次は泣きそうに顔を歪(ゆが)める。それを見ていたら、抱きしめたくてたまらなくなった。

「戦利品……？」

必死で平静を装いながら多喜次が問いかける。隣に腰かけてから差し出すと、彼はおずおずと受け取って中を見た。細長い箱はプレゼント用に梱包(こんぽう)されている。祐雨子がうなずくが、彼の震える指ではテープがうまく剝がせず、祐雨子は箱を受け取ると包装紙を取りのぞいてもう一度彼に渡した。

戸惑いがダイレクトに伝わってきた。多喜次と祐雨子の距離は、わずか十センチ。彼はちらりと祐雨子をうかがい見てから蓋を開け、「あっ」と声をあげた。

「これ！　これ！　三角ベラ！　俺がほしかったやつ!!」

練り切りに使う大切な道具である。一応多喜次も持ってはいるが、祐雨子が買ったのは職人が丹精込めて作った桜材の一点もの、もちろん菊芯もついている品だった。

若い男の子がほしがるものでは決してない。

けれど、和菓子職人としての彼なら絶対に手に入れたがるもの。

「多喜次くん、ほしがってましたよね」

「うん。でも、どれ買っていいのかわからなくて、それにまだ俺には早いかなって思ってずっとあきらめてたんだ。あれ？　でもどうしてそのこと……」

「よく独り言を言ってたので」

祐雨子の言葉に多喜次は赤くなった。

「言ったっけ!?　いや、おやっさんの道具見るたびにいいなーって思ってはいたけど。ほしいものリストの中には入ってるけど！」

「私もどれがいいのかわからなかったので、柴倉くんに選んでもらったんです」

祐に相談してもよかったのだが、修業をはじめてまだ一年という多喜次の立場を考慮すると、高価な道具は早いと言われてしまいそうだった。

「……デートじゃなかったの？」

「お買い物です。多喜次くんへのプレゼントが買いたかったんです。その……これを、渡しそびれていたので」

カバンから取り出した茶色の小箱を渡すと、多喜次は不思議そうな顔をした。

「バ、バレンタインチョコです。手作りしたんです」

「え……だって、柴倉のこと……」

「柴倉くんに渡したのは義理チョコです。本人にもちゃんとそう言ってありました」

疑うような表情で多喜次が祐雨子を見る。

「――でも、すごく仲が良さそうだった」

「た、多喜次くんが亜麻里ちゃんと仲良くなって……」

彼が好きでいてくれると信じ、すべて受け身だった。本当に自業自得だ。多喜次を傷つけ、亜麻里を裏切り、柴倉まで巻き込んだ。

祐雨子は弱々しく言葉を続ける。

「それを見て落ち込んでいたら、柴倉くんが心配してくれたんです。それだけです。なにもありませんでした」

　多喜次が恋愛に不慣れだったように、祐雨子も恋の駆け引きにあまりに不慣れだった。友情と愛情を区別することなく二十七年間もすごしてしまったせいで、おかしな具合にこじらせてしまったのだろう。

「避けてしまってすみません。取り乱さないようにしようって、そればかり考えて、私はずっと多喜次くんにひどい態度をとっていました」

　もっと感情的になればよかったのかもしれない。あるいは、割り切ってしまえていたら、こんなふうにこじれることもなかったに違いない。

「多喜次くんの好意に甘えて、わ、私の、そばに、ずっといてくれると、勝手に思っていたんです」

「――ずっといるよ」

　多喜次はいつだって祐雨子を肯定(こうてい)してくれる。それが奇跡なのだと今なら理解できる。

「私も、好きだって、ちゃんと伝えなきゃいけなかったのに」

　祐雨子が言葉を詰まらせると、多喜次は蓋を開けるなりチョコレートを口に放り込んだ。

「食べちゃだめですよ⁉　賞味期限、とっくにすぎてるんですから！」

　祐雨子は青くなった。二月十一日に休みをもらってチョコを作ったのも手作りチョコの賞味期限が思った以上に短かったからだ。冷蔵庫で四日と亜麻里に言われたが、多喜次に渡せなかった祐雨子は、家に持ち帰ったあとも捨てることができずに自室のテーブルに置きっぱなしにしていた。いくら寒い時期でも一カ月もたっているのだから賞味期限はとうにすぎている。

「お腹を壊します」

「祐雨子さんの作ったものでお腹壊すなら本望」

きっぱりと宣言する多喜次に祐雨子はますます青くなる。

「だめです。だったらこっちにしてください。多喜次くんが作ったシフォンケーキ！　とってもおいしそうですよっ！」

二つ目のトリュフを口に入れようとする多喜次に慌て、祐雨子はケーキの蓋を開けて小さくちぎって差し出した。そこで、はっとわれに返る。「はい、あーん」の体勢だ。ラブラブなカップルが食べさせあう、まさにあの状況。

思わず手を引っ込めようとしたら多喜次に手首を掴まれた。手のひらが、やけどしそうなくらい熱かった。その熱が伝染したみたいに祐雨子は真っ赤になった。

「好きです。俺と、結婚してください」

まっすぐで、真摯で、なんの飾り気もない言葉。一年待たせた相手に、それでもかにてくれる宝物のような言葉。

言葉が喉の奥に詰まる。

祐雨子はあえぐように息をつき、うなずいた。

「はい」

ようやく返すことができた言葉に多喜次はとろけるような笑みを返し、祐雨子の手にあるシフォンケーキを唇で受け取ると、そのまま指先にキスをしてきた。

いったん離れた唇が、柔らかく祐雨子の手首に触れる。

以前、花瓶で切ってしまった場所だ。傷はすっかり癒えている。けれどそうして触れられると、熱をはらみ、ずくんと鈍く痛むような気がした。

「ケ、ケーキ、おいしいですか」

だめだ。男の子は魔性だ。彼の仕草がなんだか急に色っぽく見えて、祐雨子はドギマギと視線を彷徨(さまよ)わせる。

「最高」

そして彼女の愛しい人は、嬉しそうに微笑むのだった。


店に帰ると、会社帰りに立ち寄った華坂亜麻里が激昂しつつ待っていた。

った。

美人が怒るとすさまじい迫力になる。仁王立ちする姿もまた美しく、祐雨子は震え上がった。

「祐雨子！　なんで黙ってたのよ⁉　多喜次くんからプロポーズされてたなんて聞いてないけど‼」

「すみません、すみません、言い出すタイミングがなくて……‼」

平身低頭する祐雨子に、亜麻里の怒りは一向に収まらなかった。

「俺が悪いんです」

多喜次があいだに割って入ろうとしたが、亜麻里はそれを許さなかった。おお怖、と、調理場に避難するのは、詳細を暴露した柴倉である。

「こういうトラブル迷惑なの！　友だちの彼氏盗るとか、ホント冗談じゃないわ！」

「盗れること前提とかどんだけー」

「そこ！　野次ならこっちに出てきて堂々と言いなさい！」

のれん越しに茶々を入れる柴倉を亜麻里が一喝する。柴倉は肩をすくめた。

「この際だからはっきり言うわね？」

「は、はい」

罵詈雑言が飛んでくると祐雨子は覚悟を決めた。のほほんとした祐雨子の性格は、亜麻里には受け入れがたい部分があったに違いない。直そうとしても直らないのであきらめていたが、今は妥協した過去の自分が恨めしかった。

鋭い眼光がぴたりと祐雨子に照準を合わせる。ゆっくりと厚めの唇が開いた。

「友だちなくすのいやだから、こういうことはちゃんと先に言っといてちょうだい」

「……友だち？　恋人ではなく？」

「男なんて頑張ればつかまるわよ」

恋人ができないと嘆いていた友人は、強い口調で続けた。

「でも友だちは無理。社会に出たら減る一方。表面上は親しくなるけど、気兼ねなく話せるのなんて学生時代にできた友人だけよ。いい？　祐雨子は私にとって希少なの。いなくなったら困るの。だからそのこと自覚しておきなさい」

びしっと指をさされた瞬間、心の奥に溜まっていたなにかがほどけていく気がした。

「ちょ、なんで泣くのよ⁉」

亜麻里がオロオロと祐雨子の肩を摑む。

「私、友だちの恋を、応援できなくて」

「好きな相手が同じなら当たり前でしょ⁉　あんたが悪かったのは無自覚だったところ！　もー、しょうのない子！　怒ってないから！　ちゃんと確認しなかった私も悪かったの！

だから痛み分け。はい、この話はここでお終い！」

祐雨子を抱き寄せ、途方に暮れた亜麻里が肩をポンポンとあやすように叩く。そんな様子を見ていた多喜次が嬉しそうに微笑んだ。

「ありがとう。亜麻里さんが祐雨子さんの親友でよかった」

ぴくりと亜麻里の動きが止まる。彼女は多喜次を凝視してからちらりと祐雨子へと視線を戻した。

「やっぱりもったいないことしたわ。祐雨子、ちょっと譲る気ない？」

「だ、だ、だめですっ」

真っ赤になって祐雨子が拒否する。

それを見て、亜麻里が声をあげて笑い、祐雨子はますます赤くなった。

「今日は帰るわ」

亜麻里がひらりと手をふると、柴倉がホワイトデー用の和菓子を一つ差し出した。

「奢りです。やけ酒に意外と合いますよ」

「……いやな子ねえ」

ふんっと鼻を鳴らした亜麻里は、箱を受け取ると「また連絡するわ」と店を出ていった。

一つ息をついた柴倉が、思い出したように口を開いた。

「あ、店でイチャイチャするのはなしで！　それやったら俺、鍵屋に駆け込んでないこと、ないこと吹聴するから」

「柴倉お前……」

　多喜次が絶句すると、柴倉が店内の様子を心配して寄ってきた祐と都子を押し戻すようにして調理場に引っ込んだ。残された祐雨子は、多喜次と視線を合わせた。

　照れくさい。だけど嬉しい。もう少しだけそばにいたくてそっと近づくと、察してくれたらしく多喜次が隣へ来てくれた。

「改めて、よろしくお願いします」

「こちらこそ、よろしくお願いします」

　お互いに頭を下げてはにかむ。多喜次が祐雨子をちらちら見る。緊張しているのが伝わってきた。コホンと多喜次が咳払いした。

「こ、今度、二人で出かけようか？」

「じゃあ次は一緒にきんとん箸を選びましょう。あ、漉し器も必要ですよね？　馬毛のいいのが置いてあったんです。ぼうず鍋もあったほうがいいですよね」

　和菓子職人になるべく働く多喜次が必ずほしがるもの。祐雨子が提案すると、予想通り多喜次の目がキラキラと輝きだした。

「うん、ほし……じゃなくて、普通にデート！」

多喜次は真っ赤になった。

「俺のために出かけるんじゃなくて、二人で出かけたいの！」

ふて腐れた多喜次に祐雨子は慌てる。

「す、すみません。デートは、慣れてなくて」

「俺も」

祐雨子とは比べものにならないくらい多喜次の交流関係は広い。それでも、この手のことは不得手なのだ。多喜次は少し恥ずかしそうに告白し、照れ笑いを浮かべた。

誰かの笑顔でこんなにもドキドキすることなんてあっただろうか。

平々凡々な生活を送り、すっかりそれに慣れきっていた祐雨子には刺激が強すぎる。

これでは中学生並み——否、今の中学生はもっと進んでいるだろうから、小学生並みだ。

祐雨子は素直にそれを認める。

残っているシフォンケーキは、一人で全部食べてしまおう。

そうして祐雨子は、小学生並みに欲深いことをこっそりと考えるのだった。

第三章

和菓子職人のおもてなし和菓子

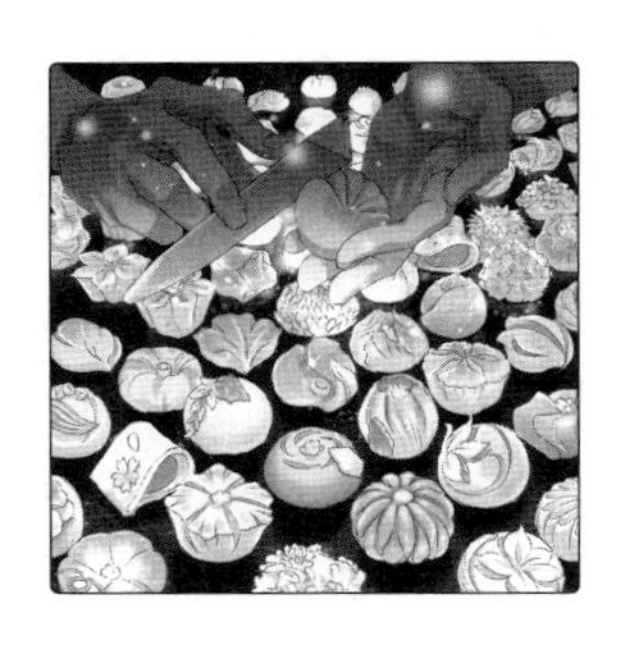

1

祐雨子と多喜次の交際は、残念なことに順調にいっているらしい。

どこかでチャンスはないものかと眺めていたが、四月に入って陽気とともに仲睦まじさがパワーアップした二人を見ていると、だんだん腹が立ってきた。

『お前はセンスがある』

ふと、祐にそう言われたことを思い出した。柴倉は職人としての勘がいいのだそうだ。子どもの頃からいいものを見て育ったのも感性を育てるのに一役買っていたんだろうと、祐はそう教えてくれた。『多喜次は？』と訊くと、祐はちょっと迷うような顔になった。

『並みだろうな。ただあいつにはパワーがある。熱量が違う。あれは天性だ』

和菓子作りは反復運動だ。同じことを繰り返し、同じ品質のものを淡々と作り続けていく。力の入れ方、三角ベラの角度、餡を包む作業一つとっても技術の差が見た目の美しさを左右し、味を変える。だから何度も何度も同じ動作を繰り返し体で覚えていく。職人は餡を切るとき秤など使わない。使わなくともぴたりと決まった重さに切り分ける。それが〝熟練〟であり最低限必要とされる〝基礎〟なのだ。

多喜次にはまだ到底到達できないレベル。だがきっと、そう遠い未来ではない〝いつか〟に会得するだろう技術だ。

だから祐は多喜次のことを高く評価する。自分を高め、周りを巻き込むあの熱量は、職人以前に人として魅力的なのだろう。

ちなみに、多喜次の顔色がすっかりよくなったことで客たちもいろいろ察したらしく「よかったわね！」「収まるところに収まったのね！」とご満悦だった。多喜次のオープンな恋心は周知の事実で、あとは祐雨子の問題なのだと、皆がそう思っていたらしい。

柴倉が祐雨子に淡い恋心を抱いていたことを知ってか知らずか、「柴倉くんもいい線いってたんだけど、やっぱりアイドルはみんなのものでなきゃ」と謎の慰めまでいただいた次第だ。

「理不尽だ」

客がいないのをいいことに、柴倉は指紋のついたガラスを黙々と磨きながら文句を垂れ流していた。子どもを連れてくるのはいい。ショーケースの中にきれいなものがあったら近くで見たいと思うのもわかる。だが、飴でベタベタになった手で触るのだけは勘弁してほしい。拭けば拭くほど汚れていき、掃除しているのか汚しているのかわからなくなってくる。水拭きを二回、から拭きを一回、取り切れなかった汚れのため部分的に水拭きをしてさらに全体をから拭きし、ようやく柴倉は立ち上がった。

「きれいになりました？」

柴倉は聞こえてきた声にドキリとする。

「うん。こんな感じでどう？」

祐雨子がよく見えるようにショーケースの前からどくと、彼女は全体を眺めたあと顔を近づけ、ふんわりと微笑んだ。

「柴倉くんはお仕事丁寧ですね」

祐雨子はもともと癒やし系だ。しかし最近、それがパワーアップした気がしてならない。ちくしょう、かわいいなあ、なんて思っていたら、パワーアップの元凶がのれんの下から顔を出した。

「ただいま、祐雨子さん」

「お帰りなさい、多喜次くん。今日は遅かったですね」

なんだこのバカップルは、と思ったが突っ込むと二人そろって真っ赤になって、それが大変鬱陶しいのでスルーすることにした。

「うん。ちょっと寄り道してて……お茶菓子買ってきたから休憩にしない？」

多喜次がこう言うときはお茶の時間になる。巻き込み系の彼は、当然のように柴倉も手招きした。サボれるので素直に調理場に同行すると、作業台の上に見覚えのある袋が置かれていた。

「……タキそれ」

「『虎屋』の豆大福」

柴倉の父は『虎屋』の和菓子職人だ。従業員もいない店で客足もまるでなく、いつも閑古鳥が鳴いている寂れた店。伝統を守ることに固執し、立地が悪いと言い訳してすっかり廃れたあの店に守るべきものがあるのかと、柴倉は今でもそう思っている。

「俺、豆は嫌いだって言ってるだろ」

仕事だから『つつじ和菓子本舗』で出すものは一通り口に入れている。だが、好んで食べたいとは思わなかった。柴倉は訴えた直後、違和感に口をつぐんだ。祐が皿に移した豆大福が以前と違うような気がしたのだ。形はやや高さに欠けて潰れ気味で、餅から透けて見える豆もなんとなく色が悪い。なにより餅の色が薄いのだ。

「なんか前と違う気がしたんだけど、作り方変えた?」

多喜次が首をひねるが、そんなことはあり得ない。伝統だけを守り続け、昔ながらの製法にこだわり続けた男が今さらそれを変えるだなんて。

柴倉は豆大福を凝視したまま丸椅子を引き寄せて腰かけた。餅は手に吸い付くように柔らかい。餅粉ではなく羽二重餅で作られているらしい。豆は煮すぎて形が悪く、割ってみると餡の色も今までに比べると薄かった。

当惑して口に含み、柴倉は戦慄した。

『虎屋』の豆大福ではない。まったくの別物だ。

「ん？　なんか、普通？　あれ？　無難？　不味くないけど……こんな味だったっけ？」

「お父さん、これって」

多喜次が首をひねり、祐雨子が祐を見る。祐は渋面でうなった。

「こりゃ、市販の餡を使ってるな」

「市販って、デパートとかで売ってるやつですか？　それを使ってるって……」

多喜次が戸惑ったように口ごもる。祐は豆大福に視線を落としたまま言葉を続けた。

「昔は店ごとで餡を作ったもんだが、最近じゃ製餡所から買った餡で和菓子を作る店も多い。安いし一定のクオリティーだからな。ただ問題もある」

「問題？」

「タキ、お前も言っただろ。無難ってやつだ。店の味がなくなっちまう」

「――だけど、『虎屋』は、代々受け継がれてきた伝統の味を守ってて、職人は腕がよくて、おやっさんもそれ褒めてて……」

口ごもる多喜次を祐はいつになく厳しい表情で見つめた。

「他になにが並んでた？」

「『和三盆』です」

「干菓子の他には？」

「今は、豆大福と『和三盆』しか置いてないって」

そんなことが今までにあっただろうか。

「客が来ないから手を抜いてるんですよ。これだって、普通に無難な豆大福です」

動揺を押し殺し、柴倉はそう断言する。

どんなに客が来なくとも、職人としての矜持と言わんばかりに黙々と和菓子を作り続けた男――それがようやく現実を受け入れたのだ。それだけのこと。

けれど、それで納得しないのが淀川多喜次という男だ。

柴倉は、そのことをすっかり忘れていた。

「長年片想いだった彼女とようやく両想いになって浮かれまくってるタキー!!　メシ食いに行こうぜー!!」

「そろそろ押し倒したかー？　ひゅーひゅー‼」

「うっせーよ！」

菩薩のように悟り顔を作ろうとしたら般若になってしまった。思わず怒鳴ると学友たちが興奮した。下ネタで盛り上がるのは男のサガなのかもしれない。

「まさかキスもまだとか⁉　奥手さんかっ！」

「ほっとけ！」

「こら、多喜次くんいじめないの！　多喜次くん、脳みそ下半身のバカな男子につきあっちゃだめだよ」

「辛辣だな」

フォローを入れてくれる女子も、言葉のチョイスはどうなのかというきわどさである。

「女の子はガツガツした男より自分を大事にしてくれる人のほうが断然好きだから！　男は金と包容力よ！」

「き、肝に銘じておきます」

金のほうが先なのか、という突っ込みは呑み込んだ。

言いふらしたつもりはないのに、友人知人はすっかり多喜次の色恋沙汰を熟知しネタにしてくる。多くはバレンタイン頃から屍と化していた多喜次を心配しての反動なので、甘んじていじられることにしたのではあるが。

学友たちとの交流もそこそこに帰途についた多喜次は、電車に乗り込むと携帯電話を取り出しこっそりと祐雨子にメッセージを送った。

『もうすぐつきます』

文体が堅苦しいのは、いきなり馴れ馴れしい文章だと引かれないかと心配してしまったがゆえだ。普通に会話するときはため口のほうがはるかに多いのに、文となると相手の表情がわからないから、機嫌を損ねないようにとついつい警戒してしまう。

『お疲れ様です。こちらはわりと暇ですよ』

すぐに祐雨子から返事がきた。

『気をつけて帰ってきてくださいね』

追加で送られてきたメッセージに多喜次は震えた。

「す、好き……!!」

まさに有頂天だった。片想いが普通すぎて、いまだ両想いになれたのが信じられない。けれど、祐雨子の態度が以前とは明らかに違っていて、今まさに、多喜次はわが世の春を謳歌していた。ちょっとしたことで視線が合うと柔らかな笑みが返ってくる。以前より彼女との距離が近い。触れると恥ずかしそうにしながらも、そっと寄り添ってくれる。

「俺もう死んでもいい」

はあああ、と、携帯電話をかかげて悦に入っていたら「気持ち悪いよ」とどこからともなく突っ込まれた。われに返って辺りを見回せば、本日も上品に着飾ったご婦人たちを四人も引き連れた櫻庭神社の宮司・榊真吾が、冷ややかな眼差しを多喜次に向けていた。

「携帯電話を見ながらニヤニヤするんじゃないよ」

「あら、かわいいじゃないの。若いっていいわねえ」

注意する榊にご婦人の一人がくすりと笑った。榊は軽く溜息をつく。

「つつじ屋が後継者候補をしぼったらしいね。十年で一人前なんて呑気なことを考えず、せいぜい精進するこった。書道も手を抜くんじゃないよ」

「え、あ、はい……!!」

背筋が伸びる。祐から直接なにか言われたわけではないが、彼が多喜次を後継者として見てくれていることは、なんとなく感じ取れていた。いつからだろう――祐雨子と両想いになったあとという気がしなかったのは、祐の態度が大きく変わった印象がなかったからだ。不思議に思っていると、まるで多喜次の考えを読んだかのように榊が言葉を継いだ。

「どんな店でも後継者育成は永遠の課題だ。よそから職人をひっぱってくることもできたつつじ屋が後継者育成に重い腰を上げたのはお前さんがいたのも一因だ。つつじ屋も運がいいが、お前さんも一から育ててもらえるなんて贅沢(ぜいたく)な話だと自覚するんだね」

榊はそう指摘し、直後に「言い過ぎた」という顔をした。

「真吾さんったら、素直に頑張れって言ってあげればいいのに」

たしなめられて榊が渋面(じゅうめん)になる。すると今度は別のご婦人がうっとりと口を開いた。

「私も叱咤激励(しったげきれい)されたいわ」

「私はいじわるされるほうが好みだけど」

「そんなこと言ったら本当にいじめられてしまうわよ」

「あら、どうしましょう。うふふ」

「人前でおやめなさい。泣かされたいんですか」

榊が叱(しか)るが、叱り方もアレな気がしてきた。そのうえ、ご婦人たちはきゃあきゃあと喜んでいる。相変わらず感性が独特だ。これくらいモテる人ならなにをしても周りが許してくれるのかもしれない。そう思うことにした。なにより榊には、ホワイトデーののし紙の手本を書いてもらった恩がある。いつかああしたものが手本なしで書けるようになるのが多喜次の目標の一つでもある。

花城(はなしろ)駅で電車を降り、榊たちと別れた多喜次は店に駆け戻った。祐雨子の報告通り店にお客様の姿はなく、多喜次はほっと胸を撫(な)で下ろした。

「ただいま戻りました！　柴倉、出かけるぞ！」

「出かける？　どこに？」

戸惑う柴倉から白衣と和帽子を奪い、薄手の上着を押しつける。

「おやっさん、柴倉借ります！」

「おお、気をつけて行ってこい」

祐は片手を上げた。祐雨子は「頑張ってください」と言わんばかりに無言で拳を握ってうなずいた。それを見て、柴倉はこれがあらかじめ予定されていたことだと悟ったのか、じろりと多喜次を睨んできた。

「なんだよ⁉」

手を引いていたら、不機嫌そうに振り払われた。歩道の真ん中で立ち止まる柴倉に合わせ、多喜次もその場で足を止める。

「『虎屋』に何度も電話してるんだけど誰も出ないんだ」

「そんなはずないだろ」

「出ないんだよ。昨日、店に行ったけど閉まってた。この前の豆大福のこともあるし、ただの手抜きじゃないと思う」

「……手抜きじゃないならなんだって言うんだ」

「わからない。だから行くんだよ」

多喜次は手を伸ばす。柴倉は『つつじ和菓子本舗』の職人の制服である和帽子と白衣に似合わないチェーンネックレスを身につけている。彼の父親にもらった就職祝いだ。店を継ぐ気はないのに和菓子職人を続け、父親から贈られた品を大切にしている——それだけで、彼が父親を尊敬しているのだと伝わってきた。彼が習得した職人としての技術はそれを裏付けるようになによりも雄弁だった。

「なにもなかったらそれでいいんだ」

多喜次の訴えに柴倉はぐっと唇を噛み、再び多喜次の手を払った。チェーンネックレスが金属音を響かせる。柴倉は多喜次を追い抜くようにして歩き出した。

「行くぞ」

不承不承という態度は崩さないが、素直に応じるところをみると柴倉も心配していたに違いない。

うなずいた多喜次は柴倉と一緒に駅へと急いだ。

『虎屋』は立地が悪い。建売住宅がどんどん増え、バブルが弾けるとともに空き家ができ、店の周りが閑散としてしまったのだ。『つつじ和菓子本舗』のように駅に近く交通の便がよければ会社員が帰途に立ち寄ったり常連が買い物ついでに立ち寄ったりもするが、『虎屋』はそもそもが見つけづらいのだ。はじめて行ったときはさんざん迷った道を、多喜次は柴倉と一緒に歩いた。

店は定休日でもないのに『休業中』の札がかかっていて、当然のごとく鍵もかかっていた。柴倉は考えるように回り込み、店以上に見つけづらい玄関ドアの前に立った。呼び鈴を押すが反応がない。多喜次がちらりと柴倉を見ると、彼はドアを叩いた。

「父さん！　いないのかよ、父さん！」

だがこれに関しても返事はなかった。

「鍵は？」

「持ってきてるわけないだろ」

多喜次の問いに柴倉は刺々しくそう返し、携帯電話を耳に押し当てた。しばらく待ったが電話も繫がらないらしく画面を睨む。

「店も休んで、家にもいないって……なんだよそれ」

柴倉の顔が当惑に歪む。

「普段、あんまり休んだりしないのか？」

「定休日以外は休んだことない。まさか、ずっと休んでるのか……？」

「他に連絡とる方法は？」

　多喜次の問いに柴倉は首を横にふる。多喜次たちはもう一度店の前に移動した。そのとき、中年の女性が駆け寄ってきた。

「虎屋さんのところの息子さんよね？　やだ、大きくなって！　大変だったわねえ。お父さん、急に入院だなんて」

「入院？」

「あら、ご存じないの？　救急車で運ばれたのよ。一週間前だったかしら」

　さっと柴倉の顔色が変わる。

「どこに⁉」

「さあ……お見舞いに行こうと思ったんだけど、虎屋さん、普段からお一人でしょ？　そういうことわからなくて……息子さんなら知ってるかもって声をかけてみたの」

　彼女はそう言って困ったように小首をかしげた。彼女と別れると、柴倉はもう一度父親に電話をかけるべくポケットをさぐった。顔面蒼白だ。父親が救急車で運ばれ連絡が取れないとなれば、多喜次だって冷静ではいられないだろう。

「お、おやっさんに、連絡……‼」

今日、柴倉と出かけることを許可してくれたのは、祐も『虎屋』を心配したからだ。和菓子の味が違う原因を尋ねにきて、職人本人が入院している事態に直面することになるとは思いもしなかった。

電話をかけようとわたわたしていると誰かが近づいてきた。細身の中年女性だ。化粧すらしていなかったが、背が高く、すっきりとした顔立ちの美人だった。肩にかけたボストンバッグを持ち直した彼女は多喜次たちを見て声をあげた。

「まーちゃん⁉」

多喜次はきょろきょろと辺りを見回し、柴倉を見てはっとした。彼は〝柴倉豆助〟——和菓子職人になるべく父親がつけた名前だった。

「母さん⁉ どうしてここに……」

柴倉が言葉を呑み込む。柴倉母の後ろに、『虎屋』の職人である柴倉の父親がいたのだ。見た目は普通だ。怪我をした様子も、どこかを痛がる様子もない。息子を一瞥するも声はかけず、ゆっくりとした足取りですれ違うと家へと入っていった。

困惑した柴倉はドアから視線をはずすと母親を見た。

「ど……どういうことだよ。入院って、聞いたけど」

柴倉の母は、答えるのを躊躇うようにちらりと多喜次を見た。

「あ、俺、柴倉……くんと、一緒に働いている淀川多喜次です。柴倉、俺、向こうで待ってるから……」

こっそり言葉を続けると、柴倉の母は少しだけ意外そうな顔をした。

「いいえ、ごめんなさい。そう……あなたも和菓子職人なのね」

「まだ見習いです」

慌てて訂正する多喜次に、柴倉の母は複雑な表情で微笑んだ。無理やり作った笑顔が消えると、疲れ切った横顔だけが残る。

「まーちゃん、驚かずに聞いてね。お父さん、脳梗塞だったの」

脳梗塞。死亡率の高い病名であることなど多喜次でも知っていた。柴倉は絶句し、「元気そうだったけど」とようやく告げた。

「初期だったのよ。たまたま知り合いの人がね、ろれつが回っていないから病院に行くようにすすめてくれたの。ちょっと前からあの人も、なんとなく不調は感じてたらしいのよ。心配して救急車を呼んでくれたときには少し進行していて」

「……脳梗塞」

「命には別状なくて入院だって最短よ。独り暮らしだからもう少し入院しておいたほうがいいって先生が言ってくれたのに、いったん家に帰るって強引に出てきちゃうんだもの。

本当に頑固よねえ。言い出したら聞かないんだから」

乾いた唇から深い溜息が漏れる。そこから続く言葉を想像して、多喜次の体に力が入る。頑固者と呆れるだけで終われば、きっと柴倉の母親はこんな影のある表情をしたりしないだろう。ここから先が、『虎屋』の未来にかかわる言葉だ。

柴倉の母親は、まっすぐ息子を見た。

「障害が、残るかもしれないんですって。だからもう、お店を続けることができないの」

「できないって、『虎屋』はどうするんだよ」

「お店は、たたむことにしたの」

「──そっか。よかったじゃん。母さん、ずっと父さんと俺の名前のことで揉めてたし。こんな流行らない店、潰れたって誰も困らない」

「柴倉！」

多喜次はとっさに柴倉の言葉を遮った。過去、一般企業に就職した彼は、職人として働く意欲もなく怠惰だった。だが、それは本心ではない。多喜次はずっとそう思っていた。事実、今はとても意欲的で、学ぼうという姿勢が伝わってきていた。

しかし、それもただの気まぐれだったのか。

多喜次は柴倉を睨み、はっと息を呑んだ。攻撃的な言葉とは裏腹に、彼の拳はきつく握られ、かすかに震えていたのだ。

ずっとずっと父親が守ってきた店。その息子である柴倉が、和菓子に触れ、今の彼の基礎となる部分を形作ってきた場所――どれほど悪態（あくたい）をついても、失うことに対してなにも感じないはずがない。

その場所が、父親にとってどれほど大切なのかわかっていればなおさら。

「これで、よかったんだ」

柴倉は自分に言い聞かせるようにつぶやいた。

2

柴倉の父はリハビリに励んでいるらしい。

それを多喜次に教えたのは柴倉ではなく祐だった。

バレンタインのとき、琥珀糖（こはくとう）を途中から外注していた。購入先が『虎屋』だとあとから教えられた多喜次は驚くと同時に納得した。

そして、そんな職人がいる店の行く末を憂慮（ゆうりょ）していた。

「このままじゃだめだと思う」

彼女の恋人は、公園を歩きながら深刻な顔でそうつぶやいた。春、うららかな昼下がりに似つかわしくない話題だが、彼女は熱心に恋人の言葉に耳を傾ける。寝食をともにする同期なのだから、彼が心配するのは当然だろう。

「柴倉くん、家に連絡は？」

「入れてないみたい……って、ごめん、こんな話！」

多喜次は慌てて祐雨子に向き直った。店の定休日は午前中だけ学校で、昼からは休みになる。一日も早く職人として認められたい彼が調理場に籠もって一人練り切り作りの練習に励んでいた大切な時間を、今は祐雨子のために使ってくれている。

そして、そこでも同じように誰かのために心を砕くのは、とても彼らしいと思った。

「多喜次くんのそういうところは、とても素敵だと思います」

多喜次は大きく肩を震わせ、両手で顔をおおった。

「幸せすぎて辛い」

「た、多喜次くん、耐性がなさすぎますよ……!?」

多喜次を褒めることは今までに何度もあった。けれど過去と今では決定的に違う部分がある。祐雨子が彼に向ける好意の種類だ。根底に愛情があると知っているから、彼の捉え方も変わったらしい。

祐雨子は少し赤くなる。

『で、いつ結婚するんだ？　養子に入ってくれるのか？』

多喜次とつきあうようになってしばらくした頃、祐雨子は自宅でそれを両親に伝えた。そして返ってきたのがその質問だった。祐雨子は激しく狼狽えた。

『ま、まだつきあって一カ月もたってないから！』

『十年も待てねーぞ俺は。そりゃいっぱしの職人になってからのほうが嬉しいが……よし、来年の春にしろ。一年後だ』

『そうね。来年の春ね。留め袖用意しなくちゃ』

祐も都子もごく当たり前のように話を進めている。

『だから、まだつきあって一カ月!!』

訴える祐雨子に祐が怪訝な顔になった。

『プロポーズされたんじゃないのか？』

『されたけど、でも……』

『だったらいいだろ。おい都子、結婚までに祐都の部屋あけとけ。壁ぶち抜けば十二畳だ。新居にゃ十分だろ？』

『だめよ、お父さん。新婚のうちは同居は可哀相よ。同居するなら赤ちゃんできてからじゃないと』

『おお、そうだな』

『まだ手しか繋いでないのに！』

祐雨子はどんどん話を進めていく両親に悲鳴をあげた。ほんの数日前のできごとである。もちろん祐雨子も将来は多喜次と結婚をと考えている。彼となら楽しい家庭になるに違いない。もともと子どもとコミュニケーションを取るのがうまい彼のこと、わが子の世話だって率先してくれるだろう。

「できれば三人くらいほしいです」

「三人？　なにが？」

「な、なんでもありませんっ!!」

はじめは女の子で次は男の子、三人目は――なんて考えていた祐雨子は、われに返って赤くなった。「なんでもありません」と繰り返し、鈴なりに咲く小さな花に目を留める。

「あれって、アセビ？」

多喜次が祐雨子の視線を追う。青々とした葉の中から零れるのは白い鈴の形の小花――老舗料亭『まつや』の婚礼の際に蓬萊まんじゅうに描いた花の一つだ。多喜次はデジカメを構えてシャッターを押した。ここは店から電車で二駅先、花壇と花木が多く、どの季節に行っても花が見られる公園として有名だ。だから、祐雨子は多喜次をデートに誘った。

「あ、祐雨子さん。あれって椿（つばき）だよね？」

「よくご存じですね」

「あっちはクレマチスか。カラフルなのがガザニアかな」

「あそこで群生してるのは桜草（さくらそう）ですよね」

「え、どこ？」

　多喜次は祐雨子の目線を追うように肩を寄せてきた。軽く肩が触れ、祐雨子はドキドキとした。心地よい緊張とふわふわとした高揚（こうよう）。視線が合うと多喜次がはにかむように笑う。祐雨子も笑みを返して「あそこです」と指をさす。デートの前、多喜次が春に咲く花の種類をこっそり調べていたことを祐雨子は知っている。お金がかかるデートができないのを多喜次は気にしているが、祐雨子は彼と一緒にすごし、彼の役に立てることが嬉しくて仕方がない。

「来月（五月）の和菓子っていったら、やっぱり柏餅（かしわもち）とか節句に合わせたものだよなー。練り切りで鯉（こい）のぼりとか」

「兜（かぶと）とか？」

「そうそう。でも細かいから練り切りでは難しいか……」

「前に試したことはあったんですが、どうしても時間がかかってしまうんですよね。それに、同じものを量産するのが難しくて」

「確かに難しいかも」

多喜次が納得したとき、祐雨子の携帯電話が鳴った。そのままにしていたら多喜次が首をかしげた。

「メッセージじゃないの？　確認しなくて平気？」

「え、でも」

「緊急かもしれないし、誰から来たか確認するくらいじゃ嫉妬（しっと）しないから」

「確認以上だと嫉妬するんですか？」

「う、うう、……別に、大丈夫。俺そんなに心狭くないから！　全然平気だからっ」

そっと顔をそむける多喜次に祐雨子は笑う。内容だけ確認しようと祐雨子はカバンから携帯電話を取り出した。メッセージは亜麻里（あまり）からだった。

『懇親会でデザートを出すことになりました。協力お願いします』

つかみ所のない内容だ。

「これ、どういう意味でしょう？」

祐雨子が多喜次にメッセージを見せると彼も首をひねった。

「協力って？」

とりあえず、多喜次に問われた言葉をそのまま打ってみた。すると、すぐに電話がかかってきた。多喜次がうなずくので通話ボタンを押す。

『ごめん、祐雨子。今時間いい？』

亜麻里の声が興奮に弾んでいた。ホワイトデー以降、はじめての会話だ。だから緊張したが、どうやら彼女はそれどころではないらしい。

「大丈夫です」

『今度、会社で懇親会があるの。海外支店の人も何人か呼んで立食パーティー。そこで和菓子を出してはどうかって話になって』

「……懇親会に、和菓子」

『お茶菓子に買っていったことがあったでしょ？　あ、あのときはごめんね』

この『ごめんね』は、多喜次の唇を奪ったことを言っているのだろう。「いえ」と、祐雨子はもごもご返す。耳を寄せて会話を聞いていた多喜次が青くなって肩をすぼめ、よろよろと離れてくずおれた。その仕草だけで水に流そうと思った。祐雨子より多喜次のほうがダメージが大きそうだったのだ。

祐雨子はそっと多喜次の手に自分の手を重ねる。情けない顔で見つめてくる彼にうなずいていると、亜麻里の言葉が続いた。

『それで、上司が和菓子を気に入って懇親会で出せないかって言ってきたの。甘いものは苦手な人なんだけど、祐雨子のところの和菓子、すごくおいしかったんですって』

「日付と、個数は？」

『――それなんだけど、目の前で作ることってできないかと思って』

「即興で、ということですか？」

『ええ。リクエストに応(こた)えて一つずつ作っていくの。出来合(できあい)を並べるんじゃなくて、懇親会の会場でパフォーマンスをしてもらいたいのよ』

開催日は尋ねるまでもなく金曜日の夜だろう。もちろん不可能ではないし、練り切り愛あふれる祐なら全力で食いつくに違いない内容だ。

「私ではお答えすることができません」

だが一応、そう告げておく。

『わかったわ。じゃあ明日、直接頼みにうかがうわ』

「お店にですか？」

『もともと電話では失礼だと思ってたのよ。でも今日はお店が定休日でしょ？　懇親会まで時間がないから電話で相談だけでもと思ってたの』

亜麻里は『じゃあ明日ね』と言葉を残して通話を切った。

「……即興で和菓子作り」

多喜次の声に視線を上げる。彼の目がキラキラと輝いているのを見て祐雨子は思わず苦笑をした。技術的に、彼にはその舞台に立つ力はない。それでも胸が躍るのだ。もうすっかり職人だ。そんな彼を支えていけることが、今は素直に嬉しかった。

だが、甘かった。

翌日、祐雨子は祐から思いがけない提案を聞くことになる。

「柴倉、タキ、それに祐雨子、三人で行ってこい」

「待ってください、お父さん！　三人って、私たちだけですか⁉」

驚愕する祐雨子に祐はうなずいた。

「どのみち店には職人が一人残らなきゃならん。俺か、柴倉だ」

「そ……それは、そうですけど」

「若いやつのほうが受けがいいだろ」

それもまたもっともな意見だった。

祐雨子はちらりと多喜次を見た。昨日に引き続き目をキラキラとさせている。店で留守番だと思っていた彼にとって、渡りに船といったところだろう。対する柴倉は苦虫を嚙み潰したような顔である。職人としての腕は確かで接客も完璧だが、人前で作るとなると難易度が跳ね上がる。そのことを彼は正しく理解しているようだった。

「柴倉くんって、『虎屋』の跡取り息子なのよね？　老舗の和菓子屋だってブログに書いてあったわ」

「……ブログ？」

柴倉が怪訝な顔をすると、亜麻里は勢いよくうなずいた。

「ええ。『ホワイトツリーの食い道楽』っていう、この辺りを網羅(もうら)してる食レポブログ」

祐雨子ははっとして多喜次を見る。

「あのブログ、辛口だけどすごく的確なのよ。そこで『虎屋』の和菓子が伝統の味だって褒められてたの。一人息子が『つつじ和菓子本舗』で修業中っていうのも書いてあって、すぐにピンときたわ。だからぜひ『つつじ和菓子本舗』と『虎屋』の二枚看板でお願いしたいって考えたのよ」

亜麻里の言葉に熱がこもる。

「熟練の技を持つ和菓子職人も魅力的だけど、許可いただけるなら柴倉くんにお願いしたいわ。懇親会だし会場も盛り上がるから、ぜひ若き精鋭で！」

亜麻里のやる気が発せられる言葉に表れる。断るために口を開いたのだろう柴倉が、小さく息を吐き出してうなずいた。

「わかりました」

そして、四月の第四週、三人の予定が決まったのである。


準備期間は約十日間。

限りなく目立たない上場企業である『ひのもとコーポレーション』の懇親会の余興としてスポットのあたった和菓子職人による即興和菓子作り、題して『和菓子職人のおもてなし』の打ち合わせは、基本的に柴倉と亜麻里の二人でおこなわれた。人一倍やる気だった多喜次は学校と仕事の両立でキャパオーバー気味、それどころか最近はさらに忙しさを増したようで学校から帰ってくるのも遅くなっていた。祐雨子はそもそも職人ではないので詳細を話すのに適していなかった。

場所は和菓子屋のお隣、鍵屋さん。お茶券を渡すとモデル体型の美少女がお茶を淹れてくれる場所である。

「出張和菓子屋さんってコンセプトなのよ」

コンセプトってなんだ。懇親会の和スイーツ担当に変な使命感を付加するな。

亜麻里の言葉に胸中で突っ込みつつ、柴倉は神妙な顔を作って茶をすする。

「そうですか。ところでついたてみたいなものは用意していただけるんですか？」

「できなくはないけど、オープンスペースでお願いしたいわ」

寝言は寝て言え。決められたものを決められたペースで作るならまだしもリクエストなんだから全対応なんて不可能だ。

喉元まで出かかった言葉を呑み込む。

「俺もそうしたいんですが、道具の置き場所や雑務スペースが必要なので。それに……」

食紅を使うため、人によっては嫌がることもあるだろう。体に害はないし普段食べているものの中にも大量に使われているのに、そのものを目にするととたんに健康志向に切り替わる面倒な人種というのは一定数いるのだ。どうやって着色したか質問されれば答えるが、わざわざ見せるほどリスキーなことはできない。それをこのうえなく丁寧に伝えたら
「そういうことなら」と、亜麻里は納得した。

「中身のリクエストもお願いできる？」

「中身というと」

「栗あんや抹茶あんみたいに。人気なのは普通の餡と抹茶だと思うの」

「できなくはないですけど」

「悪いけど、イエス・ノーで答えてくれない？　私は回答がほしいの」

事務的な口調にちょっとカチンときた。だが、彼女の言う通り、仕事の話でここに来ているのだ。柴倉の言い訳は必要ない。

「イエス、です」

「そう」

返ってきた言葉が「そう」の一言。それがまた引っかかる。普段は愛想がいいのに仕事(ビジネス)となると合理主義に転じるらしい。

「華坂(はなさか)さんって意外とサバサバしてるんですね。映画館に行ったときとは別人みたいだ」

「ああ、あのときは恋人を探してたのよ。全力で狩らなきゃ逃げられちゃうでしょ？」

女豹(めひょう)かよ、と、心の中で突っ込んでいた。

「あんまりガツガツしてると逆に避けられますよ」

「ひるむ男なんて興味ないわ」

多喜次にフラれたときはしおらしく、意地っ張りな姿にも好感を持ったが、とんでもなかった。華坂亜麻里は肉食なうえに貪欲(どんよく)だ。仕事に関してはその姿勢が前面に出るらしい。同僚はさぞ苦労していることだろう。

「華坂さん、彼氏できないでしょ？」

「ろくな男がいないんだもの。だから仕事に生きるって決めたの」

にっこりと華やかに微笑む彼女は、媚びるどころか挑むような表情だった。柴倉もとっておきの笑顔で応じる。あとから店に入ってきた客から「あら、柴倉くんじゃない」「相手の方、どなたかしら」「美男美女ね」と、こそこそ声が聞こえてきた。

きっと和気あいあいに見えているだろう。けれど、状況を把握しているらしい鍵師の弟子と鍵屋の看板猫〝雪〟だけは台所から戦々恐々と様子を見守っていた。

「ついたてはこちらで準備するわ。道具は柴倉くんのほうで持ってきてもらえるのよね？他になにか要望があったら早めに伝えてくれるとこちらとしても助かるわ」

ぽんぽんと言葉が飛んでくる。仕事仲間としてはプレッシャーだが、仕事相手としては要点がまとまって楽なのかもしれない。

「じゃあ小型の冷蔵庫と……」

柴倉は遠慮なく要望を口にした。

3

「菊お願いします！　抹茶あんで！」

「俺は切り株みたいなのがいいなあ。中は栗あん……やっぱり抹茶でお願いします」

「けしの実餅ってできますか？　けしの実餅、大好きなんです！」

「私はパッションフラワーかな。中は普通でいいです」

「パッションフラワー？」

「誕生花なの」

「えー、なにそれ。私も頼みたいー」

ホテルの二十五階、鳳凰（ほうおう）の間（ま）。『ひのもとコーポレーション』の懇親会は華やかに執り行われていた。学校が終わり、少しだけ寄り道をして店に帰った多喜次は、その足で祐雨子と柴倉とともに、職人としてこの場にいた。

和菓子は洋菓子ほど身近な食べ物ではなく、よく手に取られるのはコンビニで売られる大福や団子、葛餅（くずもち）などが中心だろう。きっと練り切りは珍しいに違いない。ましてや目の前で職人が作るなんてことは滅多にない。しかも職人は若くて美形だ。女性はもちろんのこと、男性も珍しがって予想以上に大盛況だ。

「順番にお作りしますね。菊のお客様は抹茶あんでしたね」

柴倉は忙しさの中にあっても笑顔を崩さない。プロだ。多喜次は感心しつつついたての裏に移動し、けしの実を鍋（なべ）に移すと軽く煎（い）った。祐雨子は携帯電話でパッションフラワーを調べている。「私の誕生日、ボケだった！　平凡最高！」「私は沈丁花だって。あ、花言葉も書いてあるのね。栄光と不滅」と、弾む声が聞こえてくる。

「ゆ、祐雨子さん、これまずくない？」

聞こえてくるリクエストがどんどんマニアックになっていく。祐雨子の横顔もこわばっていた。

「そうですね。いくら柴倉くんでも、ボケや沈丁花の意匠の練り切りは作ったことがないと思います。あ、多喜次くん、手水シロップと羊羹を出しておいてください」

手水シロップは上白糖を水で煮溶かしたもの。艶を出したいときや、成形などに使ったりする。

「わらびもちってできますかー？」

無法地帯だ。

わらびもちは夏のイメージだったのか、別の声が茶々を入れるように響いた。

「もー。四月なんだから菜の花とかリクエストしてくださいよー。餡を二味にすることってできますか？　粒あんと、梅あん！」

漉し器を洗わないと。きんとん箸はどこにあったっけ？　忙しすぎて目が回る。

だが、柴倉は多喜次以上に忙しい。彼は和菓子を作りながら接客もこなしているのだ。

そのうえ、即興で意匠まで考えている。パーティーが終わるまでまだ一時間半ある。こんなペースではとても続けていられない。

「祐雨子さん、花見せて」

　多喜次はポケットからメモ帳とペンを取り出した。パッションフラワーは、携帯電話の画像を見ると時計草だった。ハードルが高すぎてクラクラする。できるだけ手間がかからないように簡略したデザインにしなければならない。

「内ぼかしで紫を出しましょう。柴倉くんははさみ菊も上手なので、応用でなんとかいけると思います」

　練り切りを重ね、色をぼかす。内ぼかしとは文字通り、外側の練り切りから内側の練り切りがうっすら透けて見える状態を言う。はさみを入れれば内側の色が鮮やかに出てくるのだ。多喜次がラフを描いて柴倉に渡すと、彼は驚いた顔をしながらも受け取った。

　ボケの花をリクエストした人は淡いピンクのスーツを着ていた。こんもりと愛らしい花びらが特徴のボケの花を描き起こし、めしべに（黄）、花びらに（薄桃色）と書き添えて柴倉に渡す。

「こちらがパッションフラワー、時計草です。はじめてお作りしたので気に入っていただけるかどうか……」

「すごい、きれい！　ありがとうございます！」

受け取った女性は、心配して見守る多喜次たちに笑顔を向けた。とりあえずクリアだ。

柴倉はすぐに次の和菓子を作り、興味津々で眺めてくる女性に向き直った。

「可憐な女性には、可憐な花を」

柴倉の口上に多喜次が口元を引きつらせる。

「よゆうじゃないか」

「多喜次くん、こっちが沈丁花です」

小さな花が集まって丸い花を形作っている。白い花より茎がほんのり赤い沈丁花のほうが華やかに見えたので、きんとんで作るのがいいだろう。メモ帳に丸く円を描き、きんとん、（白＋紫系の赤）と書き添える。葉もあったほうがそれらしく見えると判断し、細長い葉っぱも描き加えた。柴倉にメモを渡すと、彼は多喜次のデザインからさらに手を加え、受け取った女性が頬を赤らめるような花を見事に和菓子で再現した。

「すごいわね。さすがプロ！」

様子を見にきた亜麻里が嬉しそうに声を弾ませる。「これ、飲み物ね」とついたての裏側に烏龍茶を三つ置いた。だが、ゆっくり飲んでいる時間がない。歓談と食事が進み、デザートに移行する人たちが和菓子のクオリティーに興味を持ち集まりはじめていたのだ。

柴倉の前にはいつの間にか長蛇の列ができていた。ビュッフェ形式の会場の中、唯一パフォーマンスを続ける彼を誰もが注目している。注文をあきらめて列から抜ける人もいるが、抜けずに待っている人も多い。その中には、あからさまに苛立ちはじめた人たちが交じっていた。

「も、もう少しお待ちください！」

海外支店からやってきたのだろう外国人に声をかける女性も列に加わっている。

——無謀だった。そのことをようやく痛感した。興味があったのは事実だ。やってみたいと思ったのも本心だ。けれど、負担がすべて柴倉にいってしまうことを、多喜次では到底フォローしきれないことを、気づけなかった。

「多喜次くん、次は桔梗です」

「え、ああ。練り切り足りないな。足さないと……」

列がどんどん伸びていく。残りは一時間以上。会場の一部ではビンゴゲームが終わり、また列が長くなる。

なんとかしなければ。

多喜次は焦る。だが、焦ってもどうしていいのかわからない。

「おかしいわね。そろそろ着くはずなんだけど」

亜麻里の声が聞こえてきた。

「着く？　誰が、ですか？」

祐雨子が茶きん絞り用に濡れ布巾を用意しながら亜麻里を見た。

「二枚看板なんだもの。何度も声をかけて、なんとか来てもらうように頼んだのよ」

一枚目の看板は『つつじ和菓子本舗』で、もう一枚の看板は『虎屋』である。『虎屋』の跡取り息子である柴倉が『つつじ和菓子本舗』で働いているのだから、彼が和菓子を作れば二枚看板になると考えているとばかり思っていた。

「――まさか」

多喜次は学校が終わってから『虎屋』に通っていた。門前払いだったり居留守を使われたりリハビリで病院に行っていたりとなかなか話ができなかったが、ここしばらくは多喜次の話に耳を傾けてくれていた。柴倉は頑張っている。だから店をたたまないで待ってやってほしい――多喜次が強く訴えたのはその点のみ。それに対しての返答はなかった。けれど多喜次は、彼の表情から険しさが取れていくのを目にしていた。

熱意が伝わった、そう自惚れていた。だが、それは勘違いだった。

亜麻里の行動力に多喜次は舌を巻く。一途な姿が気難しい職人を動かしたのだろう。そしてその予想を裏付けるように亜麻里がホテルの従業員に呼ばれていったん会場を出て、すぐに『虎屋』の職人、柴倉の父親を連れて戻ってきた。手に黒いトランクを持ち、白衣に和帽子をかぶっていた。

「な……なんで」

　動揺した柴倉の手が止まる。だが、彼の父親は息子をちらりと見ただけでそのまま亜麻里へと視線を戻した。

「こちらです」

　亜麻里は柴倉の父を柴倉の隣へと案内した。

「こんばんは、『つつじ和菓子本舗』の蘇芳祐雨子です。よろしくお願いします」

　祐雨子が会釈すると、柴倉の父は「虎屋だ」とだけ告げて軽く会釈を返した。引かれた水道で腕まで丁寧に洗い、練り切りを手にする。祐以外の職人を間近で見るのがはじめてである多喜次は、興奮を隠しながら彼の手元を注視した。

　指先が別の生き物のように動く。

　包餡し、ぷっくりとかわいらしい花びらを作ると漉した練り切りをおしべに見立てる。

「椿、お待たせしました」

「ありがとうございます！　すごーい、かわいい！」

　さすが職人、と感心するくらい美しい椿がお客様に渡る。次に作られたのはコロンとかわいい瓜坊、はさみで花びら一枚ずつを繊細に作り込んだピンクの菊が続く。

スムーズだ。脳梗塞で入院していた人とは思えない。

「さすが……!!」

多喜次が思わず声をあげる。だが、祐雨子にそっと腕を引かれ、異変に気づいた。柴倉の父の額に玉のような汗が浮いていたのだ。わずかに指先が震える。繊細に作り込まれていた花びらが歪む。歪みは即座に修正され、瞬く間に美しい花ができあがるが、それでも違和感は消えずに残っていた。

リハビリをしていても、彼の指は彼が思うように動いてくれていないのだ。すさまじい集中力でそれをカバーし、彼は職人としてここに立っている。

残り一時間、この集中力を維持できるだろうか。

「俺がやる」

柴倉はそう言って父親を押しのけようとする。だが、父親は和菓子作りをやめようとしない。「よせよ」と柴倉が小さく続けた。会場が騒がしくて周りには聞こえていないだろう。だが、近くにいる多喜次はもちろんのこと、父親にもはっきりと聞こえている。

声はさらに続いた。

「みっともないんだよ」

柴倉が父親を心配していることなんて表情を見ればわかる。本当は無理をしてほしくないだけなのに、どう言葉をかければやめさせられるのかわからず、心にもないことを告げてしまったに違いない。

柴倉の顔は、言われた父親以上に苦しそうに歪んでいた。

多喜次はずっと柴倉が羨ましかった。才能もあり、恵まれた環境で技術を学ぶことができた彼を。けれど、彼もずっともがいていたのかもしれない。彼には父親という誰もが認める立派な師がいて、跡取りとしてさまざまな技術を叩き込まれた。彼はそれに反発して自分で道を切り開こうとした。だがそれも叶わず、病気になりいまだリハビリをする父親に無理をさせなければ仕事すらままならない。

止めたいのに止められない。

今の柴倉には父親を安心させられるほどの技術がないのだ。その事実を、きっと彼は、今ほど後悔したことはないだろう。

声をかけようと多喜次が口を開いたときだ。会場内がにわかにざわめきだしたのは。

多喜次はとっさに辺りを見回し、祐雨子に再び腕を引かれて息を呑んだ。皆の視線が集まるその先に、パーティーの招待客とは明らかに違う集団がまぎれ込んでいた。

白衣に和帽子の一団だ。多喜次は彼らに見覚えがあった。

先頭を歩くのは『つつじ和菓子本舗』の職人、蘇芳祐である。続くのはでっぷりとした赤ら顔が個性的な『甘味処さくら』、きれいに撫でつけたごま塩頭に和帽子をかぶるのは『和菓子屋松吉』、そして、ラグビー選手かと目を見張るほどガタイがよく、大荷物を軽々とかかえるのは『花脇菓子舗』――ここに『虎屋』が加われば、定期的に飲み会を開いている有志の会『花城・花脇和菓子友の会』、通称『花花会』となる。

一年近く前、多喜次は一度だけこの会に参加したことがある。互いが屋号で呼び合っている和菓子職人の集まりに亜麻里が仰天しながら駆け寄った。二、三言葉を交わすと亜麻里はうなずき、祐たちをまっすぐ多喜次たちのもとへと案内した。

「助っ人です」

亜麻里がそう声をかけてきた。

「一人で先走るんじゃねーよ」

花花会のメンバーである祐はつ、つ、つつじ屋として虎屋に声をかけていた。

「ったく、本当に水くさいなあ」

さくらが苦笑いする。

「そうですよ。なにかあったときに助け合うのが『花花会』でしょうが」

軽く怒ってみせるのは松吉だ。そして、それをなだめるのは花脇である。多喜次たちは状況が呑み込めなかった。そもそも『つつじ和菓子本舗』はまだ営業中のはずだ。そんな疑問を抱いていると、松吉がメモ帳とペンを手に注文を取り出した。

「スズラン？　いいねえ、かわいいよね。お嬢さんにぴったりだ。そちらのお兄さんは？　え？　栗きんとんは無理だよ。時期じゃないからごめんね。つつじ屋さんのところだったらね、柚あんもおいしいよ。ああそうだ、柚はどう？　はい、そちらのお姉さんは？　え？　ランタナ？　花？　どんな花だっけ？」

わからないことは素直に訊き、メモを取る。それを祐とさくらが交互にこしらえていく。しかも、どちらも恐ろしく手際がいい。まるで、彼らの手から花が生まれているみたいだった。

花脇はテーブルを借りるとお湯を頼み、かかえていた大荷物を下ろした。中から出てきたのは大量の抹茶茶碗と茶道具である。

「立ったままで失礼します。お抹茶のほしい方はこちらへどうぞ。すぐにお点てします」

会場が一気に沸いた。談笑していた人たちまで興味を惹かれて集まってくる。

「え、抹茶飲めるの？　なんか贅沢だね」

「抹茶だって、抹茶！」

ざわめきが会場を埋める。

圧倒的だった。

和菓子をこしらえる早さも、お客様をさばく手際も、みんなを楽しませる技術も。多喜次が憧れる職人たちの姿がそこにあった。

「やば、格好いい……!!」

思わず多喜次がうめいた。祐雨子も亜麻里も職人たちの手元に注視している。とくに亜麻里は〝食い入るように〟という表現がふさわしいほど熱心だ。

「ああ」

ほうけたような声でうなずいたのは柴倉だった。彼もまた、職人たちが人々を虜にしていくさまを茫然と見つめていた。

「なあ、和菓子職人って格好いいよな」

改めて尋ねると、柴倉ははっとわれに返ったように赤くなった。祐雨子がすかさず「格好いいですよ」と同意してくれた。なにかに夢中になること、なにかを極めること——唯一無二を手に入れた人たちは、こんなにも魅力的なのだ。

「あの、お父さん、お店のほうは……?」

サポートに回りながら祐雨子が小声で尋ねる。

「都子に任せてきた。もうちょっと早く様子を見に来たかったんだが道が混んでてな」

「こんな楽しいイベント黙ってるなんて、つつじ屋さんも人が悪い」

どうやら祐が出かけようとしていたときにさくらから電話が入り、面白がった花花会が首を突っ込んだという流れらしい。祐は様子を見に来たと言ったが、みんながそれぞれ道具を持ってきているところを見ると、加勢する気満々だったのだろう。

練り切り愛あふれる祐がこんな〝楽しいイベント〟を多喜次たちに任せたのは、いろんな経験をさせてやろうという親心だったのかもしれない。

「虎屋さんも拾っていこうと思ったら先にこっちに来てるんだもの。行くなら行くって言ってくれなきゃさあ。もういいけどね」

ほんのりピンクが透ける練り切りでウサギを作りながらさくらが虎屋を軽く睨む。

虎屋は仏頂面(ぶっちょうづら)だった。

けれど、その口元には安堵(あんど)が淡く浮かんでいた。彼は気合いを入れるように和帽子をかぶり直して仲間たちの輪に加わる。花花会は五つの和菓子屋からなる小さな寄り合いだ。誰が欠けてもきっと成り立たなくなってしまう。

「いいなあ」

いつかあの輪の中に自分も入れてもらえるだろうか。そんなことを考えていると、花脇に「新人くん」と呼ばれた。屋号で呼び合う彼らは、多喜次のことも名前ではなく〝つつじ屋に新しく入ってきた職人〟という意味で「新人」と呼ぶ。

「抹茶茶碗を回収して洗ってきてくれるか」

「はい！　柴倉、手伝え！」

声をかけると柴倉は慌てたように多喜次へと視線を移した。ほんの一瞬、柴倉の口元に穏やかな笑みが広がったことを、多喜次は見逃さなかった。

柴倉が見ていた場所には虎屋がいた。

きっと、虎屋は柴倉が戻るまでのれんを守り続けてくれる——そう確信し、多喜次もまた微笑んだ。

4

予想外のニュースが多喜次の耳に届いたのはそれから一カ月ほどあとだった。

「これ！　これって、タキの彼女だろ⁉」

フランス料理の料理人を目指す学友に携帯電話を差し出され、多喜次の鼓動は跳ね上がる。祐雨子がネットに載るなんて予想もしていなかった。もしかしたら新たなストーカーが現れたのだろうか。祐雨子の可愛さに磨きがかかったことに気づいた不逞の輩か、いやいやもしかしたら『和菓子屋の看板娘特集』なんて素敵な企画がどこかで持ち上がったのかもしれない。

多喜次は一瞬にして妄想を膨らませつつ携帯電話を覗き込んだ。

そして、どちらの妄想もはずれていたことに気づく。だが、完全にはずれというわけではない。特集は『和菓子屋』だったのだ。ただし、取り上げられていたのは祐雨子ではなく亜麻里だった。

タイトルはこうである。

『営業成績トップからゼロスタート！　美しき和菓子職人の素顔』

白いシャツにひっつめ髪の亜麻里が豆大福を手に笑顔で写っている。見覚えのある場所は『虎屋』の店内、隣にはいつも通り仏頂面の柴倉父。インタビューは、亜麻里が大手企業を退職し、和菓子職人になるべく修業の日々を送っているというものだった。

「あ、亜麻里さん……!?」

対人関係はともかくとして、仕事は順調そうだった。やりがいだって、彼女なりにあったはずだ。にもかかわらず、まさかの脱サラである。

しかし、一方で納得もしていた。

パーティー会場で見た職人たちは格好よかった。亜麻里だって、彼らの勇姿を食い入るように見ていた一人だ。祐雨子と同じ年齢で課長という管理職を立派にこなしていた彼女は、きっと誰よりも努力を惜しまない人なのだろう。

記事は、『さまざまなことにチャレンジしたい』と前向きに語る亜麻里の言葉で締めくくられていた。

「な、バレンタインのときの彼女だよな？」

「違うって。俺の彼女は、」

言いかけて悶えた。俺の彼女だなんて、なんて素晴らしい響きなのだろう。めちゃくちゃかわいいんだぞ、と、続けようとしたら電話が鳴った。愛してやまないその〝彼女〟からだった。

「どうしたの？」

尋ねる自分の声色が、学友にかけるものとまるで違うことを自覚してちょっと照れつつも、多喜次は学友を軽く追い払い耳をすませる。

『あ、あ、亜麻里ちゃんが、脱サラです！』

どうやら同じ記事を読んだらしい。「うん。大胆だよなあ」と、本音が漏れる。

『それで、柴倉くんがびっくりして、様子を見に実家に帰ってしまったんです』

「反対してた感じ？」

『なんの断りもなく弟子を取った形になっているので』

なるほどと多喜次は納得する。跡を継ぐ気はないけれど、勝手をされて無視できるほど無関心でもないらしい。

「いい傾向じゃない？」

『そ、そうですか？』

「うん。本当に興味がなかったら、わざわざ帰ったりしないから。今、柴倉、かなり揺れてるんじゃないのかな。自分の気持ちのことでさ」

父親が倒れたこと、伝統を守り続けることにこだわってきた父親が息子のために人前に立ったこと、そして、そんな彼を支える仲間たちの姿――どれもが柴倉の心を動かすことに一役買ってくれたに違いない。

「俺も、つつじ屋って呼ばれる頃には、あいつのこと虎屋って呼びたいし」

言ってから沈黙が返ってきたことにわれに返った。

「え、いや、あの、俺、祐雨子さんにプロポーズしたし、プロポーズも受けてもらったし、俺たち結婚前提でつきあってるってことでいいんだよね⁉」

先走りすぎた？　引かれた？　多喜次は急に不安になって前のめりで尋ねる。わずかに間をあけてから、小さく小さく、「いいですよ」と返ってきた。

照れて真っ赤になっている姿が容易に想像できて、口元がだらしなくゆるんでしまう。通話を切って人の気配に振り向くと、背後に学友たちがわらわらと集まってきていた。

「うらやまけしからん」

「祝福してやる！　爆発しろー!!」

「呪うわよ！」

「え、ちょっと待って、もう少し普通に祝って⁉」

こねくり回すように次々と頭を撫でられて多喜次は悲鳴をあげる。一刻も早く祐雨子に会いたかった多喜次は、祝杯をあげようと食事に誘ってくる彼らへ丁寧な断りを入れ、一目散に電車に飛び乗った。走ったほうが速いんじゃないか？　と錯覚したのは、各駅で電車が止まるせいに違いない。利用客の乗降ですら落ち着かなかった。

店の裏口から調理場に入ると、祐雨子がびっくりして目を丸くした。直後「お帰りなさい」と微笑む。至福だ。

「髪の毛、どうしたんですか？」

「え……あ、いろいろあって」

祐雨子が手を伸ばして多喜次の乱れた髪を整える。このまま電車に乗っていたのかと羞恥に肩をすぼめたが、それよりも祐雨子に触れてもらえることのほうが嬉しかった。

「おい」

すっかり二人だけの世界を作っていた多喜次たちは、祐の声に同時に赤くなってぱっと離れた。

「祐雨子、行くんだろ？」

祐に顎をしゃくられ、祐雨子はうなずいて多喜次を見た。

「多喜次くん、お出かけしませんか？」

唐突なお誘い――それも祐公認という快挙に、多喜次は胸を高鳴らせた。

「行きます！」

祐雨子に誘われれば断る道理はない。即答する多喜次に祐どころか祐雨子や都子も苦笑していたが、そんなことはたいした問題ではなかった。

「えっと、着替え、着替えは……」

「そのままでも大丈夫です」

「……大丈夫、なのか……？」

祐雨子もなぜだか市松模様の小振袖に袴姿、定番の〝看板娘〟のスタイルである。多喜次はクエスチョンマークを乱舞させつつ彼女と裏口から出た。そのまま駅に向かう。

「祐雨子さん、どこに行くの？」

デートだと胸躍らせていた多喜次は、急に不安を覚えてそんなことを尋ねた。デートでなければ来月の和菓子のテーマを決めに公園だろうか。それともリッチにちょっとお茶をするためにどこかの店に向かっているのだろうか。いやいや、過剰な期待は厳禁だ。買い出しかもしれない。ぐるぐる考え込みつつ切符を買う。

「これから向かうのは『虎屋』さんです」

裏口から調理場に入る直前まで柴倉と亜麻里のことを考えていた多喜次は、祐雨子を見た瞬間、彼らのことをすっかり意識の端に追いやっていた自分に気づく。

「デートじゃなかった……!!」

当たり前だ。仕事中に祐雨子がデートに誘うわけがないし、なにより祐が勧めるなんてありえない。自分の軽薄さと浮かれっぷりに多喜次は情けなくなった。

しかし、祐雨子はちょっと驚いたように小首をかしげつつ電車に乗り込んだ。

「二人でのお出かけはデートに入りませんか?」

発想の転換だ。理由はどうあれ移動途中は二人きり。「入ります」と挙手して答えた多喜次は、電車を降りたあとは率先して祐雨子をエスコートした。

空き家に囲まれた『虎屋』は相変わらず閑古鳥が鳴いていた。だが、静かというわけではなかった。店に入ろうとした多喜次は、中から聞こえてくる声に動きを止め、祐雨子に目配せした。

「だから、女には無理だって言ってるでしょ！　和菓子の材料は重いんですよ！」

「一度に運べないだけよ。小分けにするから心配しないで黙って見ていなさい。だいたい、口だけ出して手伝いもしない男が一番迷惑よ」

柴倉と亜麻里だ。どちらも相当気が立っているらしい。

「——今さら修業なんて遅すぎる」

「安心して。私は優秀なの。一人前になるのに十年かかるんですっけ？　じゃあ、私なら五年——いえ、三年半くらいね」

「舐めてるでしょ」

明るい声だが、柴倉が苛ついているのが伝わってきた。そんな彼を鼻で笑ったのは亜麻里だった。

「本気よ。冗談だと思ってるなら四年後にかかってらっしゃい。柴倉くんなんて簡単に伸してあげるわ」

負けるなんて毛ほども思っていないのだ。柴倉の腕前は会場で見て知っているはずなのにすごい自信だ。そしてそれは、人生経験に裏打ちされた自信に違いない。全然畑違いなのに、それでも亜麻里の決心は微塵もゆらがないのだ。

「亜麻里さん、めちゃくちゃ格好いいな」

「――珍しいです」

祐雨子の声に、多喜次は小首をかしげる。祐雨子は小さく言葉を続けた。

「あんなふうに喧嘩腰になるの、すごく珍しいです。亜麻里ちゃんはオンオフが激しいタイプで、仕事のときは徹底してクレームを入れる代わりに非効率だから喧嘩は回避するんです。だから、気を許した相手としか喧嘩はしないんです」

「ああ、だから初詣のとき会社の人にイヤミ言われても言い返さなかったのか」

会社の人間とギスギスするのは〝非効率〟なのだろう。ただし、クレームは入れる。会社のため、ひいては相手のためを思っての行動だったに違いない。

「柴倉くんの下の名前って豆助くんだったわね」

多喜次は慌てた。いくら知らないとはいえ、名前を聞けばなんとなく触れてはいけない空気を感じそうなものなのに、亜麻里がいきなり地雷を踏みにいった。

「一応は兄弟子なんだし、豆助先輩になるのかしら」

「――その名前は」

「いいわねえ。豆って和菓子作りで一番大切なものなんでしょ？　私なんて、亜麻里よ、亜麻里。名前の由来訊いたら〝あまりにもかわいかったから〟とか〝ようやくできたわが子があまりにも嬉しかったから〟とか、マタニティハイ全開で命名されたのよ」

「――豆助なんて、普通にドン引きだろ」

「なんてこと言うの⁉　いい名前じゃないの！　師匠にあやまんなさい！」

名前に関しては、多喜次もいろいろ思うところがあるので亜麻里に賛同しづらい。困り顔で店内を覗くと、二人が本気で喧嘩をしているわけでないことが見て取れた。

「……まあ、柴倉は不満だろうが褒められてるわけだし」

「楽しそうですねえ」

「……た、楽しんでるのかな？」

多喜次が首をひねると「すみません」と声がかかった。はっと振り返ると、見覚えのある男が一人、所在なげに立っていた。

「――あ、どうも」

多喜次が会釈すると、男は怪訝そうに眉をひそめた。

「初詣のあと、御社にちくったりしなかったのでご安心ください」

多喜次がそう続けると「あのときの」と彼はうめいた。振袖を着ていた亜麻里を「枕営業」だと侮辱（ぶじょく）した男は、ちらりと『虎屋』を見た。

「実際、たいした人だよ、華坂課長は。企画ごり押しして全部成功させて。異例の大出世だって綿密に根回しした結果だ。俺はそこまでやらなかった。それだけのことなんだ」

「——亜麻里さん、会社には戻らないと思いますよ」

説得しに来たとふんで意見すると、男は舌打ちした。

「勝手なんだよ、あの人は。懇親会が終わった次の週には退職願を出して、休日返上して引き継ぎ終わらせて一カ月後には退職だ。おかげで周りは大騒ぎだ。俺にはできないよ、そんな無茶な生き方」

男は弱々しく笑った。誰かを羨むことも、そんな誰かを目標にすることも、きっと本人の心次第——。

一つ息をつき、彼はまっすぐ『虎屋』ののれんを見る。

「せっかくここまで来たんだ。大福でも買わせてもらうさ」

ここにも一人、誰かに影響され、前に進もうとする人がいる。

「祐雨子さん、俺たちも買って帰ろうか」

「そうですね」

伝統を守り続けることに固執した店は新たな風を受け入れて、新しい形になるだろう。

そんな未来を思い描きながら、多喜次は祐雨子に手を伸ばした。

第四章 家族のかたち

1

調理室にくしゃみが響く。

「ねー、タキくんところのお店、ブログ地味じゃない？」

六月十六日は和菓子の日。店でも漆塗りの箱に十六個の小さな和菓子を詰めた『和菓子だより』の発売が決まり、先日、無事に注文が定数に達した。割高のため売れるか心配されていたが、四月にあった『和菓子職人のおもてなし』イベントから案を得て、リクエストでオリジナル和菓子を入れることにしたら評判がよく、数字を伸ばすことに一役買ってくれたのだ。職人の負担を考えてリクエストは最大四つと決められているが、餡のチョイスもできるので、決める楽しみも購買意欲を刺激したに違いない。

店用のブログに書かれた『完売御礼』の文字を上機嫌で見ていたら、手元を覗き込んできた学友にブログのデザインをダメ出しされてしまった。

「……地味かなあ」

扇子に鞠、牡丹が描かれ、全体的に淡いピンク色にまとめられたブログは和風な趣だ。決して地味ではない。だが、公式のテンプレートを使っているので特別感がない。特別感がいかに大切なのか身に染みていた多喜次は、思わずうなり声をあげた。

「オープンソースいじればいいんじゃない？」

「オープンソースってなに？」

「え、だから、ソース」

「ソースってなに？」

「わー、六月って漆塗りの箱に入った和菓子を売るの!?　すごーい！」

——誤魔化された。が、誤魔化し方が多喜次的に〝巧妙〟だったので、全力で食いついてしまった。

「デザイン案、俺も出したんだ！　しかも四つも！」

「え、すごいじゃん！」

大躍進に多喜次は胸を張った。

「だろだろー!!　最近は成形のこともちょっと教えてもらえるようになったし！」

「タキは今日もテンションマックスだな。ゴホゴホゴホ。なんで風邪うつらないんだよ。マスクもしてないのに！」

未来の中華料理人がよろよろと近寄ってきた。

「俺、風邪は四つのときにひいたのが最後だ」

「インフルエンザは⁉」

「かかったことないなあ。俺別にマスクとかしないけど……避けられてるのかな」

「ウイルスにも勝つのかよ。バカ最強だな」

〝最強〟の言葉に、多喜次は顎を撫でキメ顔でにやりと笑う。

「褒めるなよ」

「褒めてねーよ！　ゴホゴホ」

「熱あるだろ。顔赤いぞ。家まで送ってってやろうか？」

苦しそうに体をくの字に曲げて咳き込んでいた中華料理人は、涙目で多喜次を見た。

「俺、優しいバカ、嫌いじゃないぜ」

「風邪はうつらないけどバカはうつるんだぞー」

「最悪だ。こっちくんな」

追い払われたが、足下がおぼつかないので学友たちと別れたあと無理やり彼を家に送り届けてやった。その足で店に向かう。仕事に入っても気になるのはブログのことだった。

「閲覧者が求めてるのは奇をてらうデザインじゃなくて情報だろ。繰り返し使うものはシンプルなほうが好まれる傾向にある」

柴倉はもっともなことを口にした。ときどき実家に帰っては亜麻里と仲良く喧嘩し、それがいい具合に刺激になっているようで、最近の彼は成形にやたら力を入れている。どうやら多喜次より亜麻里のほうがライバル認定されているらしい。ちょっと悔しい。

「たまにテンプレートは変えているんですが、お店のブログなので選べる柄が決まってきてしまうんですよね」

祐雨子はそう言って、多喜次の携帯電話を覗き込んでくる。肩がぴたりとくっついて、熱が少し混じり合う。つきあいはじめて二カ月以上たったがまだキスもしていない清い関係だ。そのため、こうした触れあいだけで意識してドキドキしてしまう多喜次だった。

「し、幸せです」

「ええ⁉　まだなにも解決してませんよ⁉」

祐雨子の指摘に多喜次はわれに返る。

「そうだった！　えっと、テンプレートって、どうやったら確認できるの？」

「ます公式ページに飛んで、スクロールすると下の部分に……」

「オープンソースって知ってる？」

「少しならわかりますよ。この部分をですね……」

説明するのに必死らしく、密着度合いがますます増していく。俺、おバカでよかった、なんて不謹慎なことを思いつつ、多喜次は神妙な顔で祐雨子の話に耳を傾けた。

だが、おバカではだめだと多喜次は翌日知ることになる。

多喜次がひかなかった風邪を、祐雨子がひいてしまったのだ。

2

頭がぐらぐらした。熱が出ていることに気づいたのは、朝、目を覚ましてしばらくしてからだった。

喉がカラカラで、服が汗でぐっしょりと濡れて気持ちが悪かった。息苦しさにもがいていると、額に冷たいものが触れた。目を開けるが、シルエットが見えてもそれが誰なのか判別できない。背の高さからして母ではないし、体格からして父でもない。

そっと抱き起こして水を飲ませ、氷嚢を取り替えてくれる。

「ひろくん……？」

朦朧としながら呼びかけると、彼は少し驚いたように動きを止めた。歳の離れた弟は、正月すら帰ってこなかった。こんな中途半端な時期に実家にいるはずがないのに、弟以外の誰かという発想が、熱で浮かされた祐雨子にはまったくなかった。

ぴとりと冷たい手が祐雨子の火照った頬に触れる。気持ちがよくてすり寄ると、遠く、話し声が聞こえてきた。一方は弟の声だった。珍しい。やっぱり帰ってきているようだ。どうしてこんな時期に――そう思ったが、問いは言葉にならなかった。

そのまま彼女は深い眠りに落ちていった。

次に目を開けると、濡れタオルが顔面に落ちてきた。

「やっと起きたの？」

弟、祐都の声だ。

「こら、病人にはもっと優しくしろよ。っていうか、優しくしてあげてください。俺が風邪菌運んだのガチだから！」

続いて聞こえたのは多喜次の声。

「自分は発症しないのに他人にうつすってベクター並み」

「ベクターってなに？」

「運び屋」

「ゆ、祐雨子さんごめん！　俺めっちゃ丈夫で！　風邪ひかなくて!!」

濡れタオルを顔からどかすと、多喜次はベッドの脇で土下座していた。

「ど、して、多喜次くんが……仕事は……？」

「休みもらった。学校も風邪大流行で休校になったし、どうしても祐雨子さんの看病したくて」

「わざわざ、すみません」

「ひろくんいなかったらヤバかった。看病するって言っても、なにがどこにあるか全然わかんなかったし」

「本当になにしに来たんだかわからないよね」

「だよなあ。危うく祐雨子さんに迷惑かけるところだった」

祐都のイヤミを、多喜次はうんうんとうなずいて聞き流す。昔からどうにも素直でない祐都が、多喜次の返答に考えるように間をあけてから口を開いた。

「和菓子職人って妙に腕力あるよね。頭よりやっぱり体力勝負だから？」

「そうそう。材料重いんだよ。あと、頭より感性って感じかな。センスがすごく大事なんだ。俺そういうのはまだまだだから」

「……それって才能ないってことなんじゃないの？」

「周り天才ばっかかで滅びろ！　ってなる」

カラカラと多喜次が笑うと祐都は当惑した眼差し(まなざ)しを祐雨子に向けた。

「多喜次くんにそういうのは通じませんよ。通じてても、相手にしませんから」

祐雨子がけだるげに指摘すると、多喜次はきょとんとした。

「え、だって事実だし。俺なんてホントまだまだ。料理学校には才能の塊みたいなやつもいれば、俺みたいにコツコツ努力しているやつもいる。俺は周りにいい先生がいっぱいいるから恵まれてるんだ」

達観している。

「でもたまにメラメラするけどな！」

そして、実にまっすぐだ。悔しいと思えば素直に嫉妬し、目標を見つけては地道に取り組む。だからきっと、彼は成長し続けていける。

「祐雨子さん、ごはん食べられそう？　おかゆ作る？」

窓から差し込む陽光の角度から昼を過ぎていると判断した。水分はこまめに摂らせてもらっていたようだが、食事は昨日の夜が最後だった。そのせいか、尋ねられると急に空腹を覚えた。

「お願いします」

祐雨子がかすれた声で頼むと、多喜次はほっとしたように微笑んだ。手が伸びてきて、祐雨子の額に張り付いた髪をそっと払いのける。そんな動きにも愛情が感じ取れる。冷たい指先の気持ちよさに祐雨子が目を閉じた。

「――了解。すぐ作るから待ってて」

多喜次の手が慌てたように去っていく。もっと触れてほしいのに、それが伝わらないのがもどかしい。

「あ、ひろくんも食べる？　俺、なんか作ろうか？　っていうか材料ある？」

「……米とか、野菜とか、缶詰とか」

「おー。缶詰ってなに？　卵あるならチャーハン作ろうぜ。ひろくん手伝って」

祐都が渋い顔になる。

「君ちょっと馴れ馴れしくない？」

「え、だって祐雨子さんが〝ひろくん〟って呼んだし。あ、俺、淀川多喜次！」

「今ごろ自己紹介って、この家に来て何時間たってると思ってるのかな!?」

「朝一だから、えっと……」

「時間は訊いてません」

言葉のキャッチボールが乱打戦になっている。完全に多喜次のペースだ。「案内して」とせかす多喜次の勢いに押され、祐都が渋々と部屋を出ていった。

それにしても、どうしてこのタイミングで祐都が帰ってきているのだろう。学校を卒業したらそのまま就職してずっと帰ってこないことだって十分に想像できたのに、そんな弟が家にいて、多喜次と一緒に台所に向かった。

「……夢……？」

一瞬疑い、起き上がる。くらりと視界が揺れたが、かまわずベッドから下り、壁に手をつきながらドアに向かった。ノブが冷たくて気持ちいい。入らない力でなんとかノブをひねると、階下から多喜次と祐都の声がかすかに聞こえてきた。

「……夢じゃ、ない……？」

そう思ったら、ぞくぞくした。悪寒だ。大量の汗で湿った部屋着が一気に冷え、体から熱を奪っていく。なによりこんな汗だくなまま多喜次の前に出ることが急に恥ずかしくなって、祐雨子はよろよろと壁伝いに移動し、慎重に階段を下りた。

気を抜くと、階段を転がり落ちてしまいそうだ。

「ひろくん、大学行ってるんだっけ？　なに勉強してるの？　俺、いろんな知識がほしくて調理師専門学校に通ってるんだ。ひろくんは？」

「それ、今関係ないでしょ」

ぶっきらぼうな、低い声。不機嫌なのを隠そうともしない声色にひるむどころか多喜次はぐいぐいと食いついていった。

「教育とか？　先生って熱いよな。それとも福祉？　介護福祉士って今から絶対必要になる職業だもんな。美容師とかも格好いいよな。カリスマ美容師！　あ、医療か！」

「……もし僕が和菓子職人になりたいって言ったらどうする気？」

挑発するような問いだった。祐都は今まで一度だって店を継ぎたいと言ったことはない。言葉にこそ出さなかったが、ああして束縛される仕事を嫌ってさえいたと思う。

多喜次を試しているのだろう。元気なときだったら一階に駆け下りて祐都をたしなめたが、今の祐雨子は階段を下りるのに必死で、声を出すことさえできなかった。

「え、そうなの⁉　俺のほうが一年だけ先輩な！」

「――僕が店を継いでもいいの？」

「それはおやっさんが決めることだし、どんな答えでも俺は歓迎する。それに将来、俺一人じゃ心配だったんだよ。朝の四時に起きて餡作って、上がるの七時だろ？　おやっさん、時間あるとき仮眠とってるけど、やっぱハードだと思うし」

一瞬の間。

「いや、今の嘘」

からかうつもりで口にした言葉を、祐都はあっさりと引っ込めた。

「え、一緒に頑張ろうぜ」

「嘘。忘れて」

「なんでだよ！　根性出せよ！」

「僕は肉体労働は好きじゃない」

祐都が食いついてきた多喜次に困惑している。さすが、と、祐雨子は思わず笑った。

「体動かすの気持ちいいぞ！　俺、優しい先輩になるから和菓子道を極めようぜ！」

「僕はプログラマーになるんだよ！　ウェブデザイナー!!」

多喜次につられて祐都まで声を荒らげている。少し間があった。

「え……え、そうなの!?　ブログのオープンソース弄れる!?　タグがどうとか、そういう難しい系！」

「ブログはそんなに難しくないはずだけど」

「あ、あれが難しくないって、プログラマーすごすぎない？」

「慣れだし」

「慣れって、だってあれ英語じゃん。ちょっと弄らせてもらったらぐちゃぐちゃになったぞ。プレビュー画面見たら、記事まるごと消えてて血の気が引いた」

「どこ弄ったの」

祐都が笑い声をあげた。珍しい。本当に今日は驚くことばっかりだ。電話での弟は、いつも短い会話だけを繰り返し、家族との接点を減らそうとしているかのようだった。高校時代だって、学校から帰ったら部屋に閉じこもって食事と風呂以外は顔を出さなかった。だから祐雨子の中でも弟の存在はとても希薄で、家族のあいだでもそれほど話題にはならなかった。もっとも、彼は彼なりに自分の進むべき道を決めてそれに打ち込んでいたため、信頼のうえでの放任というのが正確なところではあったのだが。

それにしても、この状況は、一体全体どういうことだろう。

「あー、このデザインか。確かにこれじゃつまらないな」

「そう思う？　友だちにも不評だったんだよ。俺はいいと思ったんだけどな」

「差別化できない」

「でも、凝りすぎてもだめなんだろ？　シンプルがいいとか」

「利用しやすさは基本。だからフラッシュは入れないか、一度だけにする」

「ふうん？」

なにかを炒めるような音がかすかに聞こえてきた。しばらく沈黙が続く。

「……和菓子の写真がいっぱいある」

「いい写真だろ」

「ここからイラスト描き起こして背景にするのってありかも」

「ひろくん絵も描けるのかよ⁉」

「──まあ、多少は」

「万能！」

「わ、こら！　抱きつくな！　フライパン！　ちょっと、危ないって！」

「あー、ごめんごめん」

「あと、万能って褒め言葉じゃないから！」

「褒めてる褒めてる、俺的にはめっちゃ褒めてる！」

「──なんか、思ってた通りの性格」

「え？　俺？　噂の的⁉」

嬉しそうに弾む多喜次の声と、あきらめたような祐都の溜息。同い年だから話が合うというのではない。主導権を握った多喜次が会話を成立させているのだ。

「多喜次くんのすごさが、多喜次くんにはわからないのが残念です」

のれんを下ろそうとしていた『虎屋』がそれを思いとどまったのは、亜麻里が弟子になりたいと押しかけたからだ。だが、その足がかりは多喜次が作っていた。柴倉の父親が病院から帰った翌日から、多喜次は毎日『虎屋』に通っていたのだと祐は言った。職人は繊細な指の動きであらゆるものを表現する。だから、ただ動けばいいというものではない。

リハビリをしても元通りには動かないと言われて自暴自棄になった柴倉の父親をなんとか繋ぎとめていたのは、柴倉がいかに優秀な職人であり、真面目に仕事に打ち込んでいるのかを繰り返し伝えていた多喜次の情熱のおかげだった。

今も多喜次は気難しいところのある弟相手に談笑している。

祐雨子もつられて微笑み、ようやく階段を下りきった。台所からいいにおいがする。ふらふらと廊下を歩いていると、多喜次の声が聞こえてきた。

「祐雨子さん⁉　なにしてるの⁉」

多喜次がフライパンから手を離し、慌てて駆け寄ってきた。

「ちょっとシャワーを、浴びたくて」

汗で部屋着が体にくっついてますます気持ちが悪い。においまで気になってきた。けれど多喜次は、近寄るなり容赦なく祐雨子の肩に手を回した。

「寝てないとだめだって！　シャワーは熱が下がってから！」

祐雨子は抵抗した。

「くさいです、においます、近づいちゃだめです、触らないでください。早くお風呂に入らないと……!!」

「だから！　熱が下がってから!!　とりあえず部屋に帰ろう。あとで濡れタオル持っていくからそれで体拭いて」

「汗くさいんです。こんなにくさいのはだめです。濡れタオルではカバーできません。全部洗い流さないと残ります。多喜次くんも離れてください」

いかに鬼気（きき）迫る状態か必死で訴えるのに、多喜次はちっとも理解してくれない。「だめ」の一点張りに祐雨子は歯がゆくなってくる。

「──シャワーくらい浴びさせたら？」

意外にもここで助け船を出してくれたのは祐都だった。

「姉ちゃん、わりと頑固だよ。それよりチャーハン、このままでいいの？」

祐都は姉のことより食事のことのほうが気になるようだ。

「火力上げて、鍋（なべ）肌に醤油（しょうゆ）少し垂らして完成。お皿に移して先に食べてて。祐雨子さん、歩ける？　お風呂どこ？」

渋々と質問してきた多喜次にほっとしながら廊下の奥を指さした。安心したら力が抜けてまともに歩けなかったが、支えられながら無事に脱衣所に入ることができた。

「ひ、一人で脱げるよね？」

「脱げます」

「シャワーも、浴びられるよね？」

「大丈夫です」

壁にくっつきながらうなずくと、ちょっとだけがっかりされてしまった。なぜ、とは思うが、それ以上は頭が回らず、祐雨子は部屋着のボタンに手をかける。

「お、俺、着替え探してくるから！」

多喜次は慌てふためいて脱衣所を出ていった。汗で湿った服を脱ぐとそれだけでさっぱりしたような気分になる。祐雨子はふらふらと浴室に入り、シャワーで軽く汗を流した。スポンジにたっぷりと泡を含ませて体を洗っていく。

「祐雨子さん、服ここに置いておくから。それから、おかゆだけど、卵がゆでいい？　それともさっぱり梅干しにしておく？」

そういえば卵がゆは食べたことがない。

「卵がゆをお願いします」

声をかけると磨りガラスの向こうで影が動くのが見えた。すぐ近くに多喜次がいてくれる。そのことに、なぜだかとてもほっとした。

「本当ごめん。俺のせいだ。祐雨子さんに風邪なんてひかせて……俺、だめだよなあ。仕事頑張んなきゃいけないのに足をひっぱってばっかりだ。こんなんじゃ、おやっさんも俺なんかを職人と認めてなんて……」

多喜次の独白に祐雨子は驚いた。彼ほど祐に認められている人などいないのに、なぜそれが本人に伝わらないのだろう。周りを巻き込み動かす力を持つ人が、どうしてこんなに自信を持っていないのだろう。

「そんなことありません！」

祐雨子は反射的に叫んで磨りガラスを開けた。目を大きく見開いた多喜次の頬が、一瞬にして真っ赤になる。

「多喜次くんは、もっと自信を持ってもいいと、思います……!!」

訴えたらめまいで視界が大きく揺れ、体が前のめりになった。「うおっ」と多喜次が声をあげ、とっさに手を伸ばして祐雨子を抱きとめた。

「祐雨子さん、祐雨子さん、しっかり！　タオル、タオル……!!」

多喜次がわたわたと手を伸ばして棚の上からタオルを摑もうとする。祐雨子は悪戦苦闘する多喜次の胸でほっと息をついた。胸板が広くて意外と厚い。そっと手を添えると多喜次の体が大きく震え、肩が摑まれる。

「多喜次くん……？」

ああ、なにを言おうとしていたんだっけ？　そんなことを思っていたら、唐突に廊下に面したドアが開いた。

「……お母さん、お帰りなさい」

髪を振り乱した母、都子の姿がある。祐雨子がぼんやりと声をかけると、多喜次の手が肩から離れ、互いの体が密着した。その直後、はっとしたように肩を摑まれ引き剝がされ、「ひっ」という声とともにもう一度抱きしめられた。

「違うんですこれにはわけが！　やましいことなんてなくて、ちゃんとしたわけが！」

多喜次はバスタオルを摑んで祐雨子の体を包み隠す。その間も、要領を得ない言い訳が続いていた。

「とりあえず落ち着きなさい」

あまりの狼狽えように、都子も少し困っている様子だった。

「お母さん、多喜次くん、頑張ってますよね？　学校も、仕事も、人一倍一生懸命ですよね？　みんな、ちゃんと、それを認めてて……」

自信を持ってもらいたかった。祐雨子が懸命に訴えていると、多喜次は小さく体を震わせて泣きそうに顔を歪める。大丈夫、そう伝えたくてそっと彼の手に触れる。

「だから、私は、そういう多喜次くんを、支えられるように、なれたらいいと……」

言っているうちに頭がぐらぐらしてきた。

「──多喜次くん、信じてもいいのよね？」

「病人に手を出すほど鬼畜じゃないです」

都子の問いに多喜次はうなずき、「風邪をうつしたうえに襲ったら、おやっさんに合わせる顔がありません」と、気遣うように祐雨子の手を握って言葉を続ける。声が直接体に響いてきて気持ちがいい。目を閉じていると再び引き剝がされ、ぼんやりしているあいだに多喜次が脱衣所から出ていってしまった。

「祐都から聞いたわよ。シャワーを浴びたいって駄々こねたって。まったく、なにしてるの、病人のくせに」

「だって」

それ以上の言葉は思い浮かばず、急に心細くなって都子にうながされるまま新しい部屋着に着替えた。祐雨子の髪を乾かした都子は、廊下で待っている多喜次に声をかける。

「多喜次くん、悪いけど祐雨子を部屋に運んでもらえる?」

「よ、喜んでっ」

多喜次は脱衣所に入ってくると「ちょっとごめん」と一声かけて祐雨子の体を軽々と横抱きした。驚いた祐雨子は、とっさに彼の首に腕を回して小さくほっと息をつく。心細さが綿飴のように消えていく。階段を上がる足取りも危なげなく、彼は器用にドアを開けると慎重に祐雨子をベッドへ下ろした。シーツも服も、さらさらで気持ちがいい。

「おかゆ、食べてもらいたかったけど無理そうだなあ。あ、ひろくん、シーツ替えてくれてありがと。助かった。チャーハンどうだった？　ん？　あれ？」

多喜次の声が遠ざかろうとするのを防ごうと、祐雨子はぎゅっと手に力を込める。摑んでいるのは彼のシャツだ。

「ゆ、祐雨子さん、これはずしてもらわないと俺動けないんだけど」

祐雨子の手を、大きな手がすっぽりと包み込む。困った声も耳に心地よくて、祐雨子はますますシャツを摑む手に力を込めた。

「……そのままでいたら？」

「え、だけど……」

「そういう甘えかたするの珍しいから、つきあってやったらいいいんじゃない？」

「ぜひ！」

困った声が一転、いきなり快諾（かいだく）する多喜次に祐都が苦笑した。

「調子いいなあ。……あのさ、三月頃、ちょっと揉（も）めてた？」

迷うように祐都が問う。三月頃といえば、バレンタインのゴタゴタを引きずっていた時期だ。

「三月……って、なんでそれを……!?」

「やっぱり。生存確認の電話したら変な質問してくるからおかしいと思った。珍しく僕にまで敬語使ってくるし、相当テンパってたんだな」

弟の指摘に祐雨子は肩をすぼめた。確かにいつもはしない質問を口にしたが、そんなにあからさまに不自然だったとは考えもしなかった。

「生存確認って？」

「一人暮らししてるから、定期的に生きてるって電話入れるように言われてるんだ。たまたま姉ちゃんが出て、年上の女性をどう思うか訊かれて」

「――普段電話ですませてるのにわざわざ帰ってきたってこと？　ひろくん、いいやつだな」

「そ、そういうわけじゃないけど」

祐都が照れてぶっきらぼうに否定する。

今、弟が家にいるのは祐雨子のためだったのだ。そして、心配して様子を見に帰ってきただけなのに、運悪く風邪をひいた祐雨子の看病の手伝いをする羽目になってしまった。

祐都にとっては不運だが、思いがけない弟の一面を知ることができて純粋に嬉しかった。

「ブログの相談にものってくれたし」

「暇だったんだよ！」

「ひろくん優しいなあ」

再びはじまる多喜次のペースに祐都はさっそく翻弄されているらしい。そんな会話も愛おしく、祐雨子は心地よい眠りの中に落ちていった。

祐雨子の風邪が完治するのに三日かかった。

ただ、二日目には熱も下がり、ほどなく仕事に復帰することができた。

仕事中、病み上がりの祐雨子を多喜次はつねに心配し続けていた。少しでも時間があれば休ませようとする姿はかいがいしく、常連客からは「それで、結婚は？」と、そんな冗談がポンポンと飛んでくるほどだった。

「兄ちゃんの結婚が来年の十月だから……」

終業後に多喜次と一緒に片づけをしていると、彼が溜息をついた。

「え、よしくんとこずえちゃん、結婚が決まったんですか⁉」

「うん。この前、両家で食事会があってさ、母さんが海外挙式がいいって言い出して兄ちゃんがすごい顔で固まってた。父さんも同じ顔で固まってたけど」

「海外挙式ですか。でも、十月のハワイってハイシーズンなのでは」

「やっぱり女の人ってそういう情報敏感なんだな」

多喜次に感心されたが、祐雨子が意識しはじめたのは彼のプロポーズを受けたあと辺りからだった。普通はどうするのだろう、なんて考えてネット検索した程度の付け焼き刃の知識である。

「兄ちゃんは櫻庭神社で挙げるつもりだったみたいで変に揉めちゃって……それに、来年の十月だろ。すっごい先でさ……俺と祐雨子さんの、その、け、結婚は、それよりあとになるだろうから」

「えっ⁉」

もごもごと多喜次に訴えられて祐雨子はぎょっとした。

「どうしてそこで祐雨子さんが驚くの⁉　もしかして結婚する気がないとか⁉」

「い、いいえ、ないわけじゃありません。ちっとも、まったく」

それどころか、祐と都子は来年の四月には挙式をと考え、すでにこっそりと櫻庭神社と交渉に入っている状況だ。披露宴は老舗料亭『まつや』でおこなうらしい。

ことは多喜次が考えるよりずっと先へと進んでいる。お金のかかることだし、そもそも勝手に決めて怒られないだろうか――祐雨子はちらりと多喜次を見た。

「……白無垢、見たいですか？」

「み、見たい！　すっげー見たい‼」

　鍋を洗う手を止め、大きくうなずく。風邪をひいて看病をされて以来、彼への依存度が高くなっていると自覚している祐雨子は、率直に求められることに喜びを感じてそっと寄り添った。

「ゆ、祐雨子さん」

　多喜次の声がうわずり喉仏が上下する。祐雨子が顔を上げると、一呼吸あけるようにしてそっと顔を伏せてきた。ちょんっと唇が触れ合って、慌てたように離れていく。

　耳まで赤くした彼は、次はゆっくりと慎重に唇を重ねてきた。なにもかもがぎこちない。それが愛おしくてたまらない。

　再び離れた唇が、今度はなかなか下りてこない。不思議に思って目を開けると、多喜次は祐雨子ではなく階段を見ていた。

「く、空気読め、柴倉！」

「読んでる読んでる。読んでたから静かに待ってた。続きまだー？　俺、メシも我慢してここで待機してるんだけど？」

　多喜次と柴倉は、お隣の鍵屋で夕食をとり、お風呂まで借りているらしい。邪魔にならないだろうかと祐雨子は今さらながらに不安になった。このまま交際が順調にいけば、両親の希望通り、祐雨子たちの結婚は来年の四月という可能性が濃厚になる。もちろん、日取りは多喜次ともじっくり話し合う必要があるが、今までの反応を見ると快諾してくれるだろう。となると、来年の四月には新居を借りることになる。しかしそれまで鍵屋にお世話になるわけにはいかない。この話し合いは急務だ。

それに加え、柴倉のこともある。

「柴倉くん、あの、亜麻里ちゃんとはどうなってますか？」

いずれは『虎屋』に帰ると考えていいのか尋ねようと思ったら、ついついはしょりすぎた。唐突な質問に柴倉が怪訝な顔になっている。

「和菓子職人として有望？」

多喜次が便乗して尋ねると、柴倉はうめいた。

「有望もなにも、あの人の集中力桁違いで、本当に三年半で一人前になりそうでめちゃくちゃ怖いんだけど。正直、お前よりセンスあると思う」

「マジかよ⁉」

ぎょっと多喜次が目を剝くと、柴倉が舌打ちした。

「おまけに、あの人目当てに客が来るようになって、店もそこそこ繁盛してるみたいで」

「きゅ、救世主かよ」

よろめく多喜次に、柴倉は忌々しそうな顔になる。

「記事になったのもあるけど、もともと顔広いんだよ。あの記事だって、あの人の知り合いの新聞記者が面白がって書いたってくらいだし――父さんも、伝統守り続けて店潰したら意味ないっていきなり方向転換して季節の和菓子作り出したんだぞ」

「新世界の幕開けだな」

多喜次は感動していた。そんな多喜次を見て、柴倉は不機嫌顔を隠そうともしない。

「新人のくせにずうずうしいんだ。なんかやたら俺に噛みついてくるし、しまいには店は自分が継ぐとか言い出して……なんなんだろう、あの人」

店の定休日に、柴倉は実家に顔を出すようになった。柴倉は亜麻里に不満を抱いているようだが足しげく通っているところを見ると、文句を言いつつも気になっているらしい。

案外と気が合うのかもしれない。

「仲いいんだなあ」

ずばっと指摘する多喜次を、柴倉が鋭く睨んだ。

「俺の日本語通じてる？」

「何度も喧嘩してるってことは、何度も和解してるってことだろ？」

「気が合わないいんだよ！」

柴倉が怒鳴るが、多喜次はまったく動じた様子はない。

「だったらそもそも会話もしないじゃないか。お前、そういう労力払わないタイプじゃん。本当にいやだったら近づかない」

多喜次の指摘に柴倉がたじろいだ。お互いの手の内を知り尽くしているため、こちらはこちらで仲がいいのだ。ライバルであり、仲間であり、同志である彼らに英気を養ってもらうべく、祐雨子は提案を口にする。

「今日は、みんなで焼き肉を食べにいきませんか？」

どうやらうまくハートを摑めたらしい。ぱあっと二人が笑顔になる。

「行きます！」

「ぜひお供させてください!!」

二人の声に、祐雨子は笑った。


「え、祐雨子さんがまた風邪……!?」

「タキ、お前昨日なにした？」

「なにしたって、……祐雨子さんと俺と柴倉の三人で銭湯に行ってから、焼き肉食い放題に行きました」

腹一杯肉を詰め込んで、遠慮する祐雨子を「夜道は危険だから」と説得して家に送り届けた。蘇芳家に到着したのは十時を少しすぎた頃だった。そのとき、調子に乗っておやすみのキスなんかをしたりしたが、祐雨子に異変はなかったはずだ。

焼き肉屋だって風邪をひいている人はいなかったし、銭湯でうつったとも考えにくい。

「――あっ」

多喜次の通う学校では、だいぶ収まったとはいえ、いまだ風邪をひいている学友がいた。心配だったから、昨日の昼間はみんなで飲み物を運んだり帰るよううながしたりと忙しかった。

そこから多喜次が風邪菌を運んだ可能性は、残念ながらゼロではない。いやむしろ、そこしか考えられない気がしてきた。

口腔から吸い込んだ菌を、彼女の唇に。

「………っ!!」

多喜次は両手で口をおおい隠した。

「多喜次くんが風邪菌の媒介をしたんだと思いまーす」

柴倉が挙手してよけいな報告をする。

「おやっさん、お、俺、あの、祐雨子さんの、看病に行かせてください……!!」

だめと言われるのはわかっていても、そう頼むしかなかった。前に風邪をひいたとき、祐雨子はとても心細そうに多喜次にくっついてきた。今も熱に浮かされて一人孤独に耐えているのかと思うといてもたってもいられない。

「看病終わったらなんでもします！　あ、あと、祐雨子さんに、い、いたずらとか、そういうことは、し、し、しません。約束します……!!」

「タキ」

棚を開けて小さな布を取り出した祐がずかずかと大股で近づいてきた。祐の険しい表情に全身に力がこもる。多喜次は大事な娘に二度も風邪をひかせたのだ。腹を立てるのは当然だろう。殴られる覚悟でぎゅっと目を閉じ懇願する。

「だから、お願いします！」

「持っていけ」

目を開けると、祐がキーケースから鍵を一本はずして多喜次に差し出した。

蘇芳家の鍵だ。

多喜次は呆気にとられて祐を見る。

「い、いいんですか？」

「――卵がゆ、うまかったみたいだぞ」

祐雨子の口からお礼はすでに聞いている。けれど、祐から告げられると「もう一度作ってやれ」という提案に聞こえた。

「それから、今度ちゃんとあいさつにこい」

手にしていた布を広げ、多喜次の頭にかぶせてから祐が去っていった。

多喜次は手を伸ばし、そっと頭に触れる。ぱりっと糊のきいた布の感触。それは、ずっと憧れ、手が届かないと思っていたもの。

職人として働く祐や柴倉がいつもかぶっている和帽子だった。

茫然とする多喜次に都子がうなずいた。職人としてすぐに和菓子を作ることはできないが、今この瞬間、彼は次のステップに進むことを許されたのだ。そのうえ、祐から「あいさつにこい」と言ってもらえた。夢にまで見た結婚のあいさつ――嬉しくて嬉しくて、興奮しすぎた多喜次は、道行く見ず知らずの人たちに抱きついて幸せを叫びたいのを堪えるのに苦労した。

そして多喜次は再び蘇芳家に訪れる。

「そんなに風邪ひどくありませんよ⁉　今日は大事を取ってお休みしてるだけです！」

「え、そうなの⁉　俺てっきり、祐雨子さんが寝込んでるとばかり……」

呼び鈴を押したら祐雨子が出迎えてくれた。

「着替えてきます」

多喜次の視線に赤くなって恥じらう祐雨子がとんでもなくかわいかった。そのうえ、ちょっと乱れた髪にすっぴん、体のラインが見えてしまうほど薄手のシャツに太ももがあらわな短めパンツという危険なくらい扇情的な服装だった。

鍵は預かっているが一応呼び鈴を押してみた多喜次は、自分以外の来訪者も彼女のこんな姿を目の当たりにするのではないかという不安に駆られた。

男ならイチコロだ。女だってドキドキするに違いない。いろいろと危険すぎる。

だが、それをいきなり口にすると、不埒な妄想をしていると引かれてしまうかもしれない。

「いいよ、そのままで」

風邪をひいている祐雨子に必要なのは、着替えではなく休養だ。そう考え、ひとまず流すことにした。

「ごはん作ろうと思ったんだけど、食べられそう？」

多喜次は理性を総動員し、エコバッグを持ち上げる。中には胃に優しそうな料理を作ろうとスーパーで購入した食材が入っていた。ここは一つ、頼れるいい男を演じなければ。

祐雨子の風邪を治すため、そして、祐の信頼を勝ち得るためにも。

意気込む多喜次を見て、祐雨子はふんわりと笑った。

「多喜次くんは、いいお父さんになりそうですね」

「えっ⁉」

過剰な多喜次の反応に祐雨子は不思議そうに小首をかしげた。そして、すぐさま赤くなってもじもじとしはじめる。

「い、いえ、あの、料理もできて、掃除も上手で、子どもも好きだから」

言い訳する祐雨子に両手を伸ばした。

彼女が思い描く未来の中に自分もちゃんといる。そう思ったら、総動員した理性なんて、あっという間に四散してしまった。

「うん。いいお父さんになるよ」

抱きしめて、キスをして。

若き和菓子職人は嬉しそうに微笑み、パタンと玄関のドアを閉じた。

終章　ハッピーエンドのその先

「バカは風邪ひかないって都市伝説だったんだな」

「いやいや、今年の風邪はバカでもひくくらい強力なんだって」

「バ、バカバカ言うな……っ」

布団の中から多喜次は咳き込みつつ抗議の声をあげた。風邪をひくのが久しぶりすぎて、熱を出すことがこんなにも辛いなんて思いもしなかった。目の前がかすんで頭が鈍く痛み続け、体全体が熱く、自分が吐き出す息すら熱くてたまらない。関節が痛くていつものように体が動かないのが歯がゆくてならない。

蛍光灯が今日に限ってやけにまぶしかった。目を閉じると意識が水底に沈んでいくようにぼやけていく。見舞いに来た学友たちの声が遠い。自分がうなり声をあげていることに気がついたのは、冷たいものがいたわるように額を撫でた直後だった。

祐雨子の手が、多喜次の額に触れている。

「風邪、ひいちゃいましたね」

手が引っ込んで、首元に氷嚢が添えられる。

「おかゆ食べられそうですか？　多喜次くん、……どうして笑ってるんですか？」

小さな土鍋を手に振り返った祐雨子は、多喜次を見て怪訝そうな顔をした。

「だって、祐雨子さんが俺の看病をしてくれてるから。夢みたい」

「……私は二度も看病してもらいました。それに……その風邪は、私からうつったものですし……」

祐雨子が赤くなって言葉を濁す。

「うん。うつしてもらった」

「喜んでる場合じゃありません。病院に行きます？　夜間診療に……」

外を見ると真っ暗だった。学友たちが来たときも、そういえば電気がついていた。

「寝てれば治るよ。今、何時？」

「九時です」

「九時？　じゃあ、学校の、友だちが来たのって……」

「営業中に押しかけたら迷惑になるって、わざわざ閉店後に来てくださったんです。いい人たちですよね」

「うん」

うなずいた多喜次は、寝返りを打つようにして祐雨子の体に腕を回した。祐雨子がびっくりして顔を覗き込んでくる。

「多喜次くん？」

「――柴倉は？」

また変なタイミングで部屋に乱入してくるのではないかと警戒していると、意外な言葉が返ってきた。

「今日は実家に帰るそうです。あ、おかゆはよしくんが作ってくれたんです。安全でおいしいですよ」

「祐雨子さんの手作りが食べたかったなあ」

遠慮なく甘えられると安心していると本音が口を衝いた。

「再起不能になって病院送りにでもなったらどうするんですか」

祐雨子の人差し指が、ちょんっと多喜次の鼻をつつく。幼少の頃、はじめて祐雨子が作った和菓子を食べたらなぜだか体調を崩し、入院する羽目になった。あれから多喜次は彼女に夢中だ。

「祐雨子さんに看病してもらえるならどうなっても平気」

「元気になってもらわないと困ります」

祐雨子はそう言って身をかがめてきた。多喜次の額に冷たい唇がそっと押し当てられる。そして、恥ずかしそうにぷいっと横を向いてしまう。

「は、早く、風邪治します……‼」

祐雨子に再び風邪をうつすわけにはいかない。だからキスもできないのだ。現状を理解した多喜次は、慌てて祐雨子を解放して布団に潜り込んだ。

頬(ほお)を赤らめながら祐雨子が小さな土鍋からお茶碗(ちゃわん)におかゆを移す。

多喜次がやけどをしないようにおかゆを冷ます祐雨子の姿を見て、不謹慎にも彼は、できるだけ長く風邪をひいていたいと思ってしまった。


そして、巡る季節——。

夏がすぎ、秋がきて、冬を越えたその先に、二人の新たな門出(かどで)が待っていた。

参考文献

『やさしく作れる本格和菓子』　著・清真知子（世界文化社）
『誕生花３６６の花言葉　日々を彩る幸せのダイアリー』　監修・高木誠　写真・夏梅陸夫（大泉書店）

※この作品はフィクションです。実在の人物・団体・事件などにはいっさい関係ありません。

集英社オレンジ文庫をお買い上げいただき、ありがとうございます。
ご意見・ご感想をお待ちしております。

● あて先
〒101-8050　東京都千代田区一ツ橋2-5-10
集英社オレンジ文庫編集部 気付
梨沙先生

鍵屋の隣の和菓子屋さん
つつじ和菓子本舗のひとびと

2019年10月23日　第1刷発行

著　者　梨沙
発行者　北畠輝幸
発行所　株式会社集英社
〒101-8050東京都千代田区一ツ橋2-5-10
電話【編集部】03-3230-6352
【読者係】03-3230-6080
【販売部】03-3230-6393（書店専用）
印刷所　大日本印刷株式会社

※定価はカバーに表示してあります

ISBN 978-4-08-680278-9 C0193

集英社オレンジ文庫

梨沙

木津音紅葉はあきらめない

巫女の神託によって繁栄してきた
木津音家で、分家の娘ながら
御印を持つ紅葉。本家の養女となるも、
自分が巫女を産むための道具だと
知った紅葉は、神狐を巻き込み
本家当主へ反旗を翻す——！

好評発売中

【電子書籍版も配信中　詳しくはこちら→http://ebooks.shueisha.co.jp/orange/】